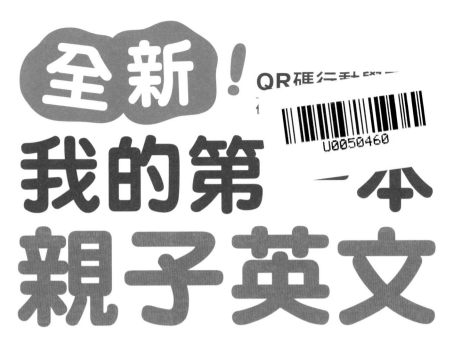

全新！

我的第一本

親子英文

（本書榮獲中小學優良課外讀物）

全MP3一次下載

http://www.booknews.com.tw/mp3/9789864542659.htm

此為ZIP壓縮檔，請先安裝解壓縮程式或APP，
iOS系統請升級至iOS13後再行下載，
此為大型檔案，建議使用WIFI連線下載，
以免占用流量，並確認連線狀況，以利下載順暢。

共創雙語化家庭，
最佳的英文學習環境在你家！

爸媽一起說英文孩子英文一定好!!

　　各位爸爸、媽媽，各位小朋友，大家好。我是外語啟蒙教學發展學會的李宗玥老師，雖然在教兒童美語這麼多年來，我發現很多的父母都非常的注重小孩子的英文學習，然而，很遺憾的，大部分的父母親只把小孩子放到英文補習班或是請英文家教來教小孩，卻沒有辦法在自己家裡為小孩創造一個學習英文的環境，使很多小朋友有了「英文只有在上課用」的心態，而下課回家之後，就完全的把英文「拋諸腦後」了。

　　很多父母都有同樣的問題，「我花了這麼多錢幫小孩子補習，但是我的小朋友英文到底到甚麼程度？」、「為什麼我連一次都沒有聽過我的小孩講英文？」、「補習到底有沒有用？」當然，有更多的父母非常積極的想幫小孩子學好英文，但往往是拿一本英文課本跟小朋友說「背這一課課文！」、「西瓜怎麼拼？」這樣跟考試一樣的詢問方式，不但沒有辦法幫孩子做到良好的複習，反而讓小朋友們更加的討厭學英文。

　　其實「父母親就是全天下最好的老師」，如果我們把問法稍微改變一下，用「How do you spell the word "watermelon"?」來取代「西瓜怎麼拼？」用「What is the lesson about?」來取代「背這一課課文！」這樣，小朋友反而會因為可以把上課的內容活用在家裡，而更加自動自發的去「說英文」，進而把說英文當成是一種習慣。

當然有許多父母會想「我就是英文不好，才把小孩子送去補英文，現在要我跟小孩子用英文講話，萬一反而誤導了小孩子怎麼辦？」其實，如果父母本身也能克服「英語開口恐懼症」，跟著小孩子一起學習，我確信您的小朋友不但不會笑您的英文破，反而會對自己的父母親更加的崇拜、親近，因為您的身分不但是「父母親」，更是與他們同赴英文學習前線的「戰友」，而且，因為這樣而使自己的英文變好，當然更是一種額外的收穫。

　　有鑑於全家一起學英文有這麼多的好處，國際學村出版社特別出版了這本書，共收錄了家庭所有可能會遇到的 60 種場景，讓爸爸媽媽可以從早上起床到晚上睡覺的任何狀況，都能夠從書上馬上學習，立刻應用到親子的互動上，而且為了讓您跟您的小孩能夠快樂學習、輕鬆記憶，本書以大量的漫畫形式來輔助學習，使您不但可以自己看，也可以邀請您的小孩跟您一起閱讀，甚至，書中還穿插著一些耳熟能詳的童話故事主角，除了學英文外，您還可以趁這個機會說故事給您的小朋友聽，讓您跟您的小朋友更加的親近，另外，本書還歸納了豐富的主題單字，使大家能夠連鎖記憶，活學活用。

本書使用説明

有了這本，在家就能進行雙語教育

本書涵蓋範圍廣，是一本極為實用的親子英語會話指南

主題分類

60個串聯日常生活的主題，創造英文學習環境！

智慧QR碼

每課皆附上隨掃隨聽的QR碼音檔，讓學習不受場地限制。

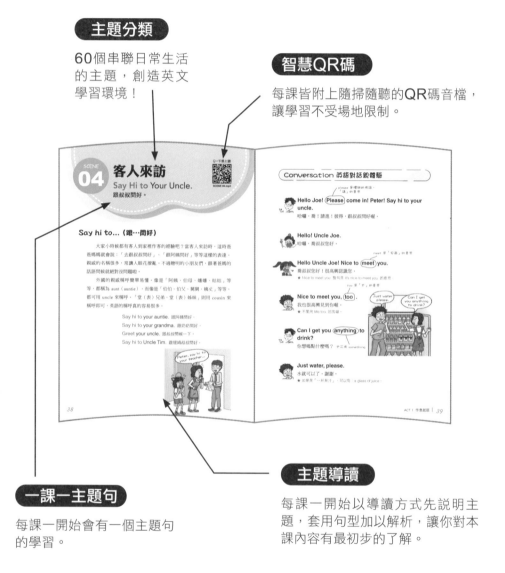

一課一主題句

每課一開始會有一個主題句的學習。

主題導讀

每課一開始以導讀方式先説明主題，套用句型加以解析，讓你對本課內容有最初步的了解。

情境會話

連貫性的情境式會話，以中英文對照呈現，從此讓英語融入你的生活中。

關鍵字學習

重點句型或片語字彙皆附有註解說明，用星號或是紅圈圈加強視覺記憶。

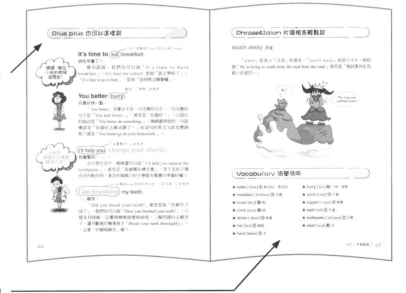

延伸説法

在情境會話裡挑出幾個句子來做重點講解，如相關話題的引申，或是深入説明可被萬用的句型。

字彙整理

除了本課主題單字外，補充常用單字一起看！

視主題需要補充孩子應該知道的片語或格言，讓孩子除了單字之外，也增進與主題相關知識。

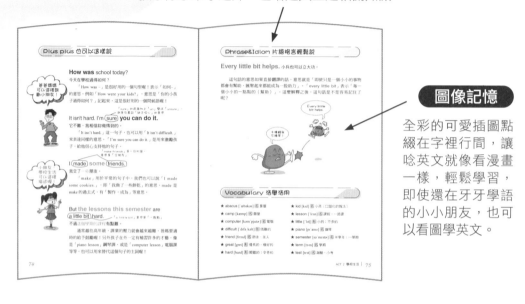

圖像記憶

全彩的可愛插圖點綴在字裡行間，讓唸英文就像看漫畫一樣，輕鬆學習，即使還在牙牙學語的小小朋友，也可以看圖學英文。

豐富的跨頁大圖學英文

不只是點綴在字裡行間的插圖，本書中還有更大的跨頁大圖，顛覆你的視覺記憶，用豐富的色彩和單字解說，將英文融入生活中。

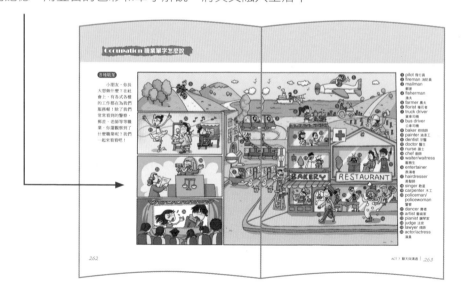

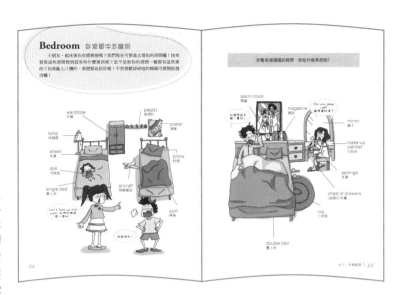

看圖學單字

圖像式學習讓你更快速記憶！超過20個主題情境的相關字彙，包括「衣服單字怎麼說」、「食物單字怎麼說」。配合主題字彙，透過生動有趣的彩色插圖，讓學習更活潑有趣。

看圖學表達

不只是圖像式單字學習，本書還補充豐富的表達，包括「讚美的表達怎麼說」、「天氣的表達怎麼說」，讓孩子的英文表達更加豐富。

Introduction

人物介紹

DAD 爸爸

36 歲，在貿易公司上班，喜歡假日時帶著孩子們一起去戶外運動，十分關心孩子的學習狀況，喜歡看棒球、看電視、種植花草。

MOM 媽媽

33 歲，家庭主婦，擅長料理，最拿手的一道菜是咖哩飯；把家裡打掃得很乾淨，看到小朋友把家裡弄得亂七八糟的時候，會大聲罵人喔！

PETER 弟弟

7 歲，國小二年級，喜歡吃甜食、打電動，愛賴床，常常和媽媽撒嬌。跟姊姊 Jenny 平常感情還不錯，但偶而還是會吵架。心情好的時候會幫忙做些家事，最要好的朋友是 Andy。

JENNY 姊姊

9 歲，國小四年級，興趣是看書和彈鋼琴，比較黏爸爸。喜歡上學，但不喜歡補習，數學不太好，但英文還不錯。

ANDY 同學

7 歲，Peter 的同班同學也是他最要好的朋友，很有禮貌的小男孩，喜歡打籃球。

馬鈴薯

隨時可能會出現的萬能串場人物，會以各種不同顏色、形狀、以及角色出現。

Contents

★ 前言 2

★ 使用說明 4

★ 人物介紹 8

Act **1**

作息起居

SCENE1　起床　It's time to get up.
　　　　　　　該起床了。 20

SCENE2　更衣　Take off your pajamas.
　　　　　　　把睡衣脫掉。 24
　　　　　　　Clothes 衣服單字怎麼說 28

SCENE3　招呼　How are you?
　　　　　　　你好嗎？ 34

SCENE4　客人來訪　Say Hi to Your Uncle.
　　　　　　　跟叔叔問好。 38

SCENE5　盥洗　Go wash your face.
　　　　　　　去洗臉。 42

SCENE6　洗澡　The bath is ready.
　　　　　　　洗澡水放好了。 46
　　　　　　　Bathroom 浴室單字怎麼說 50

SCENE7　出門　The school bus is waiting for you.
　　　　　　　校車在等你喔。 54

My Study Room 書房單字怎麼說 58

SCENE8　就寢　It's your bedtime.

該睡了。.................... 60

Bedroom 臥房單字怎麼說 64

- -

SCENE9　放學回家　What's the homework today?

今天的功課是什麼？......... 68

SCENE10　過得如何　How was school today?

今天在學校過得如何？....... 72

SCENE11　介紹同學　Nice to meet you
　　　　　、朋友

很高興認識你。............. 76

SCENE12　學校情況　Who's your best friend?

你最好的朋友是誰？......... 80

Adjectives 形容詞單字怎麼說 ... 84

SCENE13　社團　What club do you belong to?

你參加什麼社團？........... 90

SCENE14　運動會　School Sports Day is on this Saturday.

學校的運動會在這個星期六。.. 94

Act **2**

學校生活

Contents

SCENE15	餐前準備	Wash your hands before dinner.
		晚餐前先洗手。............100
SCENE16	用餐時	It's yummy.
		這很好吃。...............104
SCENE17	外出用餐	Let's eat out.
		我們去外面吃吧！.........108
SCENE18	零食、點心	Do you want some dessert?
		你想吃些甜點嗎？.........112
SCENE19	露營	Be careful with the stove!
		要小心火爐喔！...........116
	Camp 露營單字怎麼說	120
SCENE20	野餐	Shall we spread out the picnic blanket?
		我們來把野餐墊攤開吧！.....122
	Food 食物單字怎麼說	126

Act **3**

飲食用餐

Act **4**

做功課

SCENE21　今天的功課 You have to memorize it.

你要把這個背起來。 132

Praise 讚美單字怎麼說 136

SCENE22　數學作業 I cannot solve this math problem.

我解不開這道數學習題。 138

Numbers 數字單字怎麼說 142

SCENE23　英文作業 How do you say it in English?

這個用英文要怎麼說？ 148

SCENE24　考試、成績 How was your midterm exam?

你期中考試考得如何？ 152

SCENE25　美術作業 What do you want to draw?

你想畫什麼？ 156

Art 美術單字怎麼說 160

SCENE26　寫英文句子 Don't forget to start a sentence with a capital letter.

句首的第一個字母要大寫。 ... 164

Contents

Act **5**

健康與安全

SCENE27 健康狀況　I feel sick.

我好像生病了。............170

Symptoms 症狀單字怎麼說 ...174

SCENE28 室內安全　I'll put the band-aid on.

我幫你貼 OK 繃。..........178

It hurts! 受傷單字怎麼說 182

SCENE29 外出要
戴口罩　Wear a mask when you go out!

出門請戴口罩！..........184

SCENE30 線上課程　You muted your microphone!

你的麥克風沒開！..........188

**Work from home
居家&疫情單字怎麼說** 192

Act **6**

天氣與災害

SCENE31 天氣　It's a fine day today.

今天是個好天氣。..........198

SCENE32 颱風天　The typhoon is coming.

颱風要來了。..............202

SCENE33 停電　The power went out.

停電了。.................206

SCENE34 地震　It's an earthquake.

地震了。.................210

Weather 天氣單字怎麼說 214

Act 7

聊天與溝通

SCENE35　詢問時間　What time is it now?

現在是幾點？ 218

Time is up 時間單字怎麼說 222

SCENE36　詢問日期　What's the date today?

今天是幾月幾日？ 224

Dates and Days 日期單字怎麼說 228

SCENE37　交談　Let's chat.

我們來聊天吧。 232

SCENE38　金錢教育　I need more allowance.

我想要多一點零用錢。 236

SCENE39　個人隱私　It's personal.

這是我的私事。 240

SCENE40　情緒表達　I feel blue.

我心情不好。 244

Emotions 情緒單字怎麼說 248

SCENE41　表示意見　I agree.

我贊成。 250

SCENE42　排解糾紛　You have to learn to get along with others.

你要學習和他人好好相處。 . . . 254

Contents

SCENE43　我的志願　I want to be a doctor.

我想要當一個醫生。 258

Occupation 職業單字怎麼說 . . 262

SCENE44　打掃　It's your turn to do the dishes today.

今天輪到你洗碗。 268

SCENE45　收拾　What a mess.

真是亂七八糟。 272

Clean up 打掃單字怎麼說 276

Act 8
家事雜務

SCENE46　烹飪　I want to make coffee.

我想煮咖啡。 280

In the Kitchen 廚房單字怎麼說 284

SCENE47　接電話　Who's speaking, please?

請問您哪位？ 288

SCENE48　找東西　I can't find my purse.

我找不到我的錢包。 292

SCENE49　園藝　I plan to grow some roses in the yard.

我打算在院子裡種一些玫瑰。 296

Plants 植物單字怎麼說 300

Act 9
休閒娛樂

SCENE50　寵物　　Can I keep a pet?
　　　　　　　　我可以養寵物嗎？ 304

SCENE51　休閒時間　What are you going to do in the afternoon?
　　　　　　　　你下午要做什麼？ 308
　　　　　　　　Hobbies 嗜好單字怎麼說 312

SCENE52　閱讀　　What are you reading?
　　　　　　　　你在讀什麼？ 316

SCENE53　玩遊戲　Go play with your friends.
　　　　　　　　去和你的朋友一起玩吧。 320

SCENE54　團康活動　What's the time, Mr. Wolf?
　　　　　　　　大野狼先生，現在幾點了？ . . 324

SCENE55　運動　　Let's go exercise.
　　　　　　　　我們去運動吧。 328
　　　　　　　　Sports and Exercises 運動單字怎麼說 332

SCENE56　過聖誕節　What did you get for Christmas?
　　　　　　　　你得到什麼聖誕禮物呢？ 334

Act 10
視聽娛樂

SCENE57　電腦　　I like playing computer games.
　　　　　　　　我喜歡玩電腦遊戲。 340

SCENE58　電影　　Do you want to go to see a movie?
　　　　　　　　你想看電影嗎？ 344

SCENE59　看電視　What's on TV?
　　　　　　　　有什麼節目？ 348
　　　　　　　　Films & TV 電影電視單字怎麼說 352

SCENE60　看線上影片　Which episode do you want to watch?
　　　　　　　　你想看哪一集？ 356

LET'S GO~

Act 1
作息起居

● ●

SCENE 1 起床

SCENE 2 更衣

SCENE 3 招呼

SCENE 4 客人來訪

SCENE 5 盥洗

SCENE 6 洗澡

SCENE 7 出門

SCENE 8 就寢

再不醒，
王子就要走了！

SCENE 01

起床

It's time to get up.
該起床了。

Q一下馬上聽

01.mp3

It's time...（是⋯的時候了）

早上的時候，有很多爸媽都會拍拍孩子的肩膀說：「該起床了」，那麼，這句話用英文要怎麼說呢？就是「It's time...」，字面上的意思是「是⋯的時候了」。所以「該起床了」就是「It's time to get up.」。

這個句型很好用喔，可不只起床的時候用得到，只要套用上你想要的單字片語，就可以在許多場合中派上用場。不過有一個原則要記得，那就是這個句型後面要加「to + 原形動詞」或是「for + 名詞」。現在就來換上別的單字用用看這個好用的句型吧。那麼該做什麼事了呢？

It's time **to** go to school. 該上學了。
It's time **to** go to bed. 該睡了。

It's time **for** dinner. 該吃晚餐了。
It's time **for** class. 該上課了。

必備句型
It's time to VR (原形動詞)
It's time for N (名詞)

Conversation 英語對話親體驗

「是…的時候了」，是本課的
主題句型，一定要會喔！

 Peter, it's time to get up.

彼得，該起床了。

★ get up「起床」的意思。

 Ten more minutes, mom.

媽~再讓我多睡十分鐘嘛~。

★ ~more minutes「再…分鐘」的意思。

Peter, it's time to get up.

Ten more minutes, mom.

 What time is it now?

現在幾點了？

這是詢問時間
常用的句型

 It's already 8 o'clock.

已經八點了。

★ It's already「已經…了」的意思。

get up = wake up，
都是「起床」的意思

 Well, honey, wake up, or you'll be late for school.

嗯，親愛的，該醒了，不然你上學會遲到的。

★ be late for「去~遲到」的意思。

It's already 8 o'clock.

已經八點了。

　　「It's already + 時間」，是用來表達時間觀念的句型，「已經…點囉~」的意思。

「否則」、「不然」的意思，轉折語氣的用法

Wake up, or you'll be late for school.

該醒了，不然你上學會遲到的。

　　如果家裡有喜歡賴床的小懶豬，爸爸媽媽一定要把這句學起來！那麼「起床了，不然你會趕不上公車。」要怎麼說？答案是「Wake up, or you'll miss the bus.」簡單吧！

可替換成任何你想要的數字

Ten more minutes.

再十分鐘。

　　我想很多小朋友都會這樣要求媽咪吧！可是你到底還要睡多久呢？這時候你一定要會用這個句型來提出請求喔！「數字+ more minutes.」只要換上你想要的數字就行了，很不錯吧！「Five more minutes.」就是「再五分鐘」。

可以放進任何想要的形容詞，例如 tired（疲累的）、thirsty（口渴的）

I'm still sleepy.

我還想睡。

　　小朋友，如果沒有吃飽要怎麼跟媽媽說「我還餓，還想吃東西」？答案是「I'm still hungry.」。如果反過來，「我還很飽，不想吃東西」就是「I'm still full.」。就像這樣，把想要表達的形容詞放進「I'm still + 形容詞」的句型中就可以了唷。

Phrase&Idiom 片語格言輕鬆說

Hurry up. 快一點。

　　「Hurry up.」是動詞的用法，經常在命令對方動作快一點的時候會用到，例如「Hurry up, or you'll be late.」（快一點，不然你會遲到。）那麼，「in a hurry」又是什麼意思呢？「in a hurry」是副詞喔，是用來說明動作的，例如「I forgot my lunch box in a hurry.」這句話的意思就是「我匆忙之下忘了帶便當。」

Vocabulary 活學活用

★ alarm [ə`lɑrm] 名 鬧鐘

★ already [ɔl`rɛdɪ] 副 已經

★ dead [dɛd] 形 死的

★ early [`ɝlɪ] 形 早的

★ hurry [`hɝɪ] 動 趕緊

★ late [let] 形 遲的、遲到的

★ morning [`mɔrnɪŋ] 名 早上

★ really [`rɪəlɪ] 副 真地

★ ring [rɪŋ] 動 鈴響

★ sleep [slip] 動 睡覺

★ stretch [strɛtʃ] 動 伸展（肢體）

★ uniform [`junə͵fɔrm] 名 制服

★ yawn [jɔn] 動 打呵欠

更衣
Take off your pajamas.
把睡衣脫掉。

Take off...（把⋯脫掉）

懶洋洋的早上，媽媽們總是要好說歹說，才能把孩子們從被窩裡叫起床。忙碌的媽媽還要在孩子們起床後，督促他們快把睡衣脫掉，換上外出的衣服。那麼，「把衣服脫掉」這句話的英文怎麼說呢？就是「Take off your pajamas.」。

> **Take off** your shoes. 把鞋子脫掉。
> **Take off** your cap. 把帽子脫掉。
> **Put on** your clothes. 把衣服穿上。
> **Put on** your jacket. 把外套穿上。

另外，如果孩子起床後，動作慢得不得了，媽媽們要催促孩子快點換衣服的英文要怎麼說呢？原來這句話是這麼說的，「Hurry up and get dressed.」也就是「快點換衣服」的意思。

Conversation 英語對話親體驗

Peter, take off your pajamas.

彼得，把睡衣脫掉。

★ take off「拿掉，脫掉」的意思。

What should I wear today?

我今天要穿什麼？

★ what should I ~ 「我應該~什麼」的意思。

「take off」的相反，
「穿上」的意思

It's chilly outside, so don't forget to put on your jacket.

外面有點涼，把外套穿上。

★ don't forget 「別忘了…」的意思。

「How's」用來詢問
東西看起來如何

It looks great on you!

是我比較美吧！

魔鏡魔鏡，我漂亮嗎？

How's the shirt?

這件襯衫看起來如何？

Son, it looks great on you.

兒子，你看起來很帥。

也可以換成其他讚美的形容詞
「good」或「pretty」，
小朋友要常讚美別人唷

Plus plus 也可以這樣說

媽媽，可以這麼叮嚀小朋友！

形容天氣，「冷颼颼」的意思

It's (chilly) outside.

外面有點涼。

「chilly」可以在句子裡替換成任何的形容詞，來形容外面的天氣，如「It's raining outside. 外面在下雨。」如果外面下著雨，媽媽想要叮嚀孩子別忘了帶雨具，媽媽就可以說：「It's raining outside, so don't forget to bring your umbrella. 外面下著雨，別忘了帶你的雨傘喔！」。

介系詞用 on

It looks great (on) you.

你看起來很帥。

這是一句誇獎的話喔！爸爸媽媽可以這樣多多鼓勵孩子。可是如果小朋友不乖的話，我們也可以說「It's look bad on you.」，這句話含有「這樣的你看起來很糟糕。」的意思喔！

小朋友也可以這樣問！

「我應該～什麼」的意思

What should I wear today?

我今天要穿什麼？

我們也可以這麼說，「Which dress should I wear?」，「Which one should I wear?」，「What should I put on?」，都表示著「我該穿什麼好呢？」的意思。

也可以換成別的名詞

How's (the shirt) ?

這件襯衫看起來如何？

「How's～」用在「詢問任何東西看起來如何」，也是很好用的一個句型喔！當我們想問天氣如何時，就可以說「How's the weather?」，是不是很好用呢？

26

Phrase&Idiom 片語格言輕鬆說

wear a long face 愁眉苦臉

這句話直接翻譯的話是「戴著一個長臉」，形容煩惱的臉拉得很長，沒有辦法有笑容，只好垮著一張長臉。是不是很有意思呢！我們可以說「She wears a long face.」，意思是「她愁眉苦臉的」。

所以「wear」除了表示穿戴之外，也可以用來表示「面有…色」。例如說「She was wearing a lovely smile.」，意思是「她一直面帶著可愛的微笑」。

Vocabulary 活學活用

★ cap [kæp] 名 帽子

★ clothes [kloz] 名 衣服

★ dress [drɛs] 名 洋裝

★ get dressed 片 穿衣服

★ jacket [`dʒækɪt] 名 外套

★ pajamas [pə`dʒæməs] 名 睡衣

★ pants [pænts] 名 褲子

★ put on 片 穿上

★ shoe [ʃu] 名 鞋子

★ skirt [skɝt] 名 裙子

★ sock [sɑk] 名 襪子

★ take off 片 脫下

★ T-shirt [`ti ʃɝt] 名 T 恤

★ wear [wɛr] 動 穿戴

clothes 衣服單字怎麼說

　　每當家裡的孩子要穿衣服的時候，總看他們手忙腳亂的，不是找不到袖口，就是忘了拉拉鍊！要不然就是衣服一邊塞進褲子裡，一邊卻還露在外面。對孩子來說，他們的手腳發展尚未成熟，動作無法像大人一樣靈活，穿起衣服來自然是歪七扭八的。不過這都是孩子的學習成長過程，爸爸媽媽只要多多提醒他們就好，別因為看不習慣就剝奪他們學習的樂趣哦！

爸爸媽媽準備要出門了！來看看他們穿了什麼樣的衣服！

jacket
夾克

vest
背心

pants
褲子

cardigan
開襟毛衣

sweater
毛線衣

要微笑…

我這樣看起來
一定很帥！

Peter是不是把
衣服穿反了？

Smile! You're wearing
your sweater inside out.
笑一個！你毛衣穿反了。

小朋友，起床後要把床舖整理好，不然媽媽會生氣喔！

I'm still sleepy!
我還想睡

hair band
髮帶

pajamas
睡衣褲

快遲到了！

slipper(s)
拖鞋

shorts
短褲

vest
汗衫

Put those
pajamas away!
把睡衣收好！

再來看看還有這些關於「衣物」的東西怎麼說！

buckle
(皮帶的)環釦

nightdress
睡衣

zip
拉鍊

tights
緊身褲

button(s)
釦子

jumper
毛衣

button hole(s)
鈕釦孔

handkerchief
手帕

dressing gown
晨袍

underwear
內衣褲

哎呀，這些馬鈴薯怎麼都沒有把衣服穿好呢？ 小朋友，當你看到有人鈕釦沒扣好、褲子拉鍊沒拉、或是衣服穿反時，可以對他們這麼說喔！

招呼
How are you ?
你好嗎？

Q一下馬上聽
03.mp3

打招呼的方式有很多，比如我們最常用的「Hello」，或是「Hi」等。

「How are you?」也可以用「How's it going? 最近怎麼樣？」。比較口語的用法，還有「What's up?」，意思是「怎麼啦？」。

「Good morning!」是「早安」的意思。親愛的媽媽，別忘了讓孩子養成跟你說早安的習慣喔！

Good morning, mom. 早安，媽。
Good morning, son. 早啊，兒子。

How are you? 你好嗎？
I'm fine. 我很好。
I'm good. 我很好。
Bad! 不好！

Conversation 英語對話親體驗

Good morning, mom.
媽咪早安。

★ 其他時間的打招呼方式包括「Good afternoon. 午安。」或是「Good evening. 晚上好。」,「晚安」則是「Good night.」。

也可以用 wake up,
「起床、醒來」的意思

Good morning, sweetie. You finally (got up.)
早啊,甜心。你終於起床了。

★ sweetie 是甜心的意思。表示親密的用語還有 honey、baby 寶貝等等。

「想睡的」、「懶洋洋的」的意思,形容詞

I'm still (sleepy.)
我還想睡。

★ still 是「仍然」的意思,別和 till「直到」
這個單字搞混了喔!

我來救妳了!

I'm still sleepy!

Did you stay up late last night?
你昨天晚上熬夜了嗎?

★ stay up late 是指「很晚還沒睡」、「熬夜」的意思。

No, I couldn't (fall asleep) last night.
沒有,我昨晚根本睡不著。

★ asleep 是指進入睡眠的狀態。

再不醒,王子
就要走了!

fall 是動詞,「掉入」的意思,所以
「掉進睡眠的狀態」就是「睡著」

媽媽，小朋友賴床時可以這麼問！

「最後」、「終於」的意思。副詞

You finally got up.

你終於起床了。

　　天亮時當爸媽看到孩子起床時，可以問「Are you awake?」，也就是「你醒了嗎？」，而孩子則可以回答爸媽說「I am awake now.」，就是「現在剛醒。」的意思。awake 是形容詞，表示「醒來」、「沒有睡覺」的狀態。

「不去睡覺」、「熬夜」的意思

Did you stay up late last night?

你昨天晚上熬夜了嗎？

　　我們也可以換句話說「Did you go to bed late last night? 你昨晚很晚才去睡覺嗎？」。「a night person」用來形容一個很晚睡的人，就是夜貓子的意思，那麼習慣早睡早起的人呢？很有趣喔，就是「a morning person」，英文是不是就是這麼有趣又簡單呢！

小朋友可以這樣回答你的睡眠狀況！

I'm still sleepy.

我還想睡。

　　孩子總是喜歡賴床，喜歡賴皮地跟爸媽說「I'm still sleepy. 我還很想睡。」我們也可以學另一個句子如「I'm still yawning. 我還在打哈欠呢！」

I couldn't fall asleep last night.

沒有，我昨晚根本睡不著。

　　fall 做動詞用是「跌入」的意思，做名詞則是「秋天」。那麼如果想說睡得很好，用英文要怎麼說呢？「I slept very well.」記得用 sleep 的過去式 slept 來表示發生過的事情喔！

Phrase&Idiom 片語格言輕鬆說

Stay up 不去睡覺，熬夜／**Stay in** 待在家裡，不外出／
Stay out 待在外面，不在家

　　stay up 是指「不去睡覺，熬夜」的意思，例如「She stayed up all night. 她一整夜都沒去睡覺」。

　　那麼 stay in 又是什麼意思呢？stay in 是指「待在家裡，不外出」的意思，例如我們可以說「The doctor told him to stay in for a few days. 醫生告訴他待在家裡幾天不要外出」。

　　stay out 則是和 stay in 相反，是指「待在外面，不在家」的意思。例如「The child stayed out all night. 那孩子徹夜未歸」。

Vocabulary 活學活用

★ afternoon [`æftɚˋnun] 名 下午

★ asleep [əˋslip] 形 睡著的

★ evening [ˋivnɪŋ] 名 傍晚；晚上

★ fall [fɔl] 動 落下；跌倒

★ hello [həˋlo] 感 哈囉，你好

★ hi [haɪ] 感 嗨

★ morning [ˋmɔrnɪŋ] 名 早晨

★ night [naɪt] 名 晚上；夜晚

★ sleepy [ˋslipɪ] 形 想睡的

★ stay up 片 不去睡覺，熬夜

★ still [stɪl] 副 還；仍然

★ till [tɪl] 介 直到…為止

客人來訪

Say Hi to Your Uncle.

跟叔叔問好。

Q一下馬上聽

04.mp3

Say hi to... (跟…問好)

　　大家小時候都有客人到家裡作客的經驗吧？當客人來訪時，這時爸爸媽媽就會說：「去跟叔叔問好」、「跟阿姨問好」等等這樣的表達。親戚的名稱很多，常讓人眼花撩亂。不過聰明的小朋友們，跟著爸媽的話語問候就絕對沒問題啦。

　　外國的親戚稱呼簡單易懂。像是「阿姨、伯母、嬸嬸、姑姑」等等，都稱為 aunt（auntie）。而像是「伯伯、伯父、舅舅、姨丈」等等，都可用 uncle 來稱呼。「堂（表）兄弟、堂（表）姊妹」則用 cousin 來稱呼即可，英語的稱呼真的容易很多。

Say hi to your auntie. 跟阿姨問好。

Say hi to your grandma. 跟奶奶問好。

Greet your uncle. 跟叔叔問候一下。

Say hi to Uncle Tim. 跟提姆叔叔問好。

Conversation 英語對話親體驗

please 是禮貌的用語，「請」的意思

Hello Joe! (Please) come in! Peter! Say hi to your uncle.

哈囉，喬！請進！彼得，跟叔叔問好喔。

Hello! Uncle Joe.

哈囉，喬叔叔您好。

meet 是「見面」的意思

Hello Uncle Joe! Nice to (meet) you.

喬叔叔您好！很高興認識您。

★ Nice to meet you. 整句是 It's nice to meet you. 的意思。

too 是「也」的意思

Nice to meet you, (too).

我也很高興見到你喔。

★ 不要用 Me too. 回答喔。

Just water please.

Can I get you anything to drink?

Can I get you (anything) to drink?

你想喝點什麼嗎？ 也可用 something

Just water, please.

水就可以了。謝謝。

★ 如果是「一杯果汁」，可以用：a glass of juice。

爸爸，可以這麼叮嚀小朋友！

也可以換成 Greet your uncle

Say hi to your uncle.

跟叔叔問聲好！

　　這句話其實是一句祈使句，是要請對方去打招呼的用意。祈使句直接用「原形動詞」開頭，例如：Do your homework now. 是指「現在去寫功課。」

　　也可以寫成：Greet your uncle.。如果跟不同的人打招呼，就直接將 uncle 替換即可，是非常實用的一句話喔。

也可以換成 Hi！

Hello! Uncle Joe.

哈囉，喬叔叔您好。

　　這是一句很常用的問候語之一，先用 Hello! 或是 Hi!，接著提到對方的名字，就是最基本的打招呼方式囉。遇到不同的人，就直接換成對方的名字或稱謂即可，是非常實用的一句話喔。

小朋友也可以這樣問

「好」的意思，可以用其他形容詞代替

It's **nice** to meet you.

很高興見到你。

　　我們也可以這麼說，「Pleased to meet you.」、「It's great to meet you.」，都表示著「很高興見到你。」的意思。形容詞 pleased 指「高興的」，搭配在句型「pleased to＋原形動詞」是指「很高興…」。另外，形容詞 great 也可以用 good 代替，都是「很好」的意思。

表示「我能拿…給你嗎？」

Can I get you anything to drink?

你想喝點什麼嗎？

　　Can I get you anything to drink? 直接翻譯的話是「我能拿喝的東西給你嗎？」。也可以用 Would you like something to drink?，是更為禮貌的問法。若是比較口語的話可以用：Something to drink?，都是非常實用的句型。若換成 eat 可表達「你想吃點什麼嗎？」。

Make ends meet. 量入為出或收支平衡。

這句話直接翻譯的話是「讓兩個底端相遇」，主要是形容「收支達到平衡」，是個很有趣的一句俚語。如果要寫出完整句子，則可以用「I'd be able to make ends meet.」意思是「我能達到收支平衡喔。」

Vocabulary 活學活用

★ say [se] 動 說

★ hello [hə`lo] 名 （打招呼的問候語）哈囉，你好

★ uncle [`ʌŋkl] 名 叔叔，伯伯

★ please [pliz] 感 請

★ come [kʌm] 動 來

★ nice [naɪs] 形 好的；美好的

★ meet [mit] 動 見面

★ too [tu] 副 也

★ anything [`ɛnɪˌθɪŋ] 代 任何事或物

★ drink [drɪŋk] 動 喝

★ just [dʒʌst] 副 只要；剛剛

★ water [`wɔtɚ] 名 水

盥洗
Go wash your face.
去洗臉。

Go wash your face. 這句話有命令的語氣，是直接命令孩子去做他該做的事情的表達！go 和 wash 兩個動詞相接，是 go and wash 的縮寫型，但在口語中很常直接說 go wash。

那麼如何用完整的句子來說「你該去洗臉了」呢？原來加上主詞就可以囉！

You have to go wash your face. 你該去洗臉了。

如果是問句又該怎麼問呢？刷牙了沒？洗臉了沒？「Did you brush your teeth? 你刷牙了沒？」親愛的媽咪，這些簡單的句子記起來了嗎？

Conversation 英語對話親體驗

「是時候該～」的意思

Peter, it's time to eat breakfast.

彼得，該吃早餐了！

★ 「breakfast 早餐」，「lunch 午餐」或是「dinner 晚餐」。一般晚餐我們都說 dinner，是指一天之中最正式的一餐。如果在吃過 dinner 之後還是餓的話，之後的那一餐晚餐可以稱為「supper」，也是晚餐的意思。

I am brushing my teeth.

我在刷牙。

「tooth 牙齒」的不規則複數形

★ 動詞 brush + ing 表示正在進行。

「你最好～」的意思

Alright, you better hurry, your bus is coming.

好，你最好快一點，車子來了。

★ ~ is coming 表示「~ 來了」，比如：「I am coming. 我來了。」

Mom~ the toothpaste dropped on my shorts.

「寬鬆的運動短褲」的意思

媽~ 牙膏不小心沾到褲子了！

★ toothpaste 牙膏，tooth brush 牙刷。

Go get another pair of shorts!

兩個動詞相接，是 go and get 的縮寫型，但在口語中很常直接說 go get

Oh, dear, go get another pair. I'll help you change your shorts.

哦，親愛的，快去拿另一件褲子，我會幫你換上新褲子。

★ another 另一件 / change 交換

來拿我吧！

Plus plus 也可以這樣說

媽媽，催促
小孩的時候
這麼說！

「吃」早餐除了 eat 也可以用「have」

It's time to (eat) breakfast.
該吃早餐了！

　　換句話說，我們也可以說「It's time to have breakfast.」。It's time for school. 是指「該去學校了」；「It's time to go to bed.」，是指「是時間去睡覺囉」。

動詞，「趕緊」的意思

You better (hurry.)
你最好快一點。

　　「You better」其實並不是一句完整的句子，一句完整的句子是「You had better...」，意思是「你最好…」，口語化的說法是「You better do something.」。媽媽最常唸的一句話應該是「你最好去做功課了。」而這句的英文又該怎麼說呢？就是「You better go do your homework.」。

小朋友，
媽媽的叮嚀要
聽進去唷！

「我會幫你…」的意思

(I'll help you) change your shorts.
我會幫你換褲子。

　　在日常生活中，媽媽還可以說「I'll help you squeeze the toothpaste.」，意思是「我會幫你擠牙膏」。等不及孩子慢吞吞的動作時，著急的媽媽只好什麼都先幫寶貝準備好囉！

be 動詞+ing 是現在進行式，「正在做…」的意思

(I am brushing) my teeth.
我在刷牙。

　　「Did you brush your teeth?」意思是指「你刷牙了沒？」，我們也可以說「Have you brushed your teeth?」。小朋友有時候一定覺得媽媽很愛碎碎唸，三催四請的去刷牙了，還不斷地叮嚀著孩子「Brush your teeth thoroughly.」，一定要「仔細地刷牙」喔！

Phrase&Idiom 片語格言輕鬆說

wash away 沖走

「wash」是表示「洗滌」的意思,「wash away」則表示沖走,例如說「He is trying to wash away the mud from the road.」意思是「他試著沖走馬路上的泥巴。」

Vocabulary 活學活用

★ better [`bɛtɚ] 形 較佳的,更好的

★ breakfast [`brɛkfəst] 名 早餐

★ brush [brʌʃ] 動 刷

★ comb [kom] 動 梳

★ dinner [`dɪnɚ] 名 晚餐

★ hair [hɛr] 名 頭髮

★ hand [hænd] 名 手

★ hurry [`hɝɪ] 動 (使)趕緊

★ lunch [lʌntʃ] 名 午餐

★ supper [`sʌpɚ] 名 晚餐

★ teeth [tiθ] 名 牙齒

★ toothpaste [`tuθ,pest] 名 牙膏

★ wash [wɑʃ] 動 洗

洗澡
The bath is ready.
洗澡水放好了。

Q一下馬上聽

06.mp3

...is ready.（…準備好了）

「shower」是「淋浴」，「take a shower」就是「洗個澡」的意思。我們也可以說「take a bath.」，意思是相同的。不過要注意的是，「The bath is ready.」可不能說「The shower is ready.」，因為「shower」是「淋浴」的意思，「淋浴的水已經準備好了」是不合邏輯的喔！

「The bath is ready.」意思是洗澡水放好了，而「~ is ready.」就是指某件東西已經準備好了。比如說，「The meal is ready.」意思是說「可以吃飯了」。

The bath **is ready.** 洗澡水放好了。
The meal **is ready.** 飯煮好了。
The bus **is ready.** 公車已經在等了。

Conversation 英語對話親體驗

形容詞，「滑的」的意思

Be careful. The floor is slippery.

小心，地板很滑。

★ 「Be careful」和「Watch out」都是表達「小心！」的意思。

there is 和 there isn't 是表示「有」和「沒有」的意思

Mom, there isn't any hot water.

媽，沒有熱水。

★ 「hot water」是熱水，那麼冰水怎麼說呢？是「iced water」，指有冰塊的水。如果是冷水，就是「cold water」囉。

除了「淋浴」，當名詞還有「蓮蓬頭」「陣雨」的意思

Turn on the shower.

把蓮蓬頭打開。

★ 「turn on」是表示「打開，轉開」的意思，相反的「turn off」就是「關起來」。

「越來越…」的意思

It's getting cold.

水越來越冷了。

> Mom, there isn't any hot water!

> 一起來洗冷水澡吧！

O.K. I'll check the heater. Dry yourself with the towel first.

原形動詞放最前面是祈使句，表示命令或請求

好，我來看看熱水器。你先用毛巾把身體擦乾。

plus plus 也可以這樣說

媽媽幫
小朋友
洗澡時可以
這麼說！

The floor is slippery.

地板很滑。

孩子最喜歡在洗澡的時候，把浴室弄得又濕又滑，也可以說「The bathroom was slippery after the shower.」，意思就是說「浴室在淋浴之後變得很滑。」

「打開」的意思，相反詞是「turn off 關上」

Turn on **the shower.**

把蓮蓬頭打開。

「Turn on the TV. 打開電視機」，「Turn off the light. 關掉電燈」。要注意的是，「門窗」可就不能這麼用囉！要用「open」和「close」這組動詞，「Close the door. 關上門」或是「Open the window. 打開窗戶」。

小朋友，你
有可能會遇到
這些狀況！

副詞，「首先」的意思

Dry yourself with the towel first.

先用毛巾把自己擦乾。

「Dry yourself」是一句口語化的表現方式，媽媽也可以說「Go and dry your hair.」，「去把你的頭髮吹乾」的意思。

「it」是很好用的代名詞，也可以指天氣喔

It 's getting cold.

水越來越冷了。

Get 有「變成，成為」的意思。「It's getting cold.」可以做為兩個解釋，表示「水越來越冷了」，也可以解釋為「天氣越來越冷了」，根據「it」所代表的主詞來決定句子的含意。

Phrase&Idiom 片語格言輕鬆說

hot water 熱水

　　hot water 是「熱水」，例如說「Can I have some hot water? 我可以要一點熱水嗎？」。hot 還可以用在 hot spring，意思是「溫泉」。另外還有 hot temper「壞脾氣」，例如「He has got a hot temper.」意思是「他有著壞脾氣」。hot potato「烤洋芋」也可以比喻為「燙手山芋」，表示棘手的問題。

「hot potato」是烤洋芋，
也是燙手山芋的意思！

Vocabulary 活學活用

★ bath [bæθ] 名 洗澡，澡盆

★ be careful 片 注意，留意

★ check [tʃɛk] 動 檢查，核對

★ dry [draɪ] 動 把…弄乾，曬乾

★ floor [flor] 名 地板

★ heater [`hitɚ] 名 加熱器，暖氣機

★ hot water 片 熱水

★ meal [mil] 名 膳食，一餐

★ ready [`rɛdɪ] 形 準備好的

★ shower [`ʃaʊɚ] 名 淋浴

　（也表示「陣雨」來形容天氣喔！）

★ slippery [`slɪpərɪ] 形 滑的，容易滑的

★ towel [`taʊəl] 名 毛巾

★ turn off 片 關掉，關閉

★ turn on 片

　打開（電燈、瓦斯、音響設備的）開關

Bathroom 浴室單字怎麼說

懶洋洋的早晨，要孩子起床穿衣服真的很不容易呢！這時候爸爸媽媽可以帶著孩子做個小體操幫助孩子伸展筋骨，也讓早上起床後精神馬上變好！可以放些輕快的音樂或是孩子喜歡的音樂，能夠在早上的時候更有活力喔！

小小體操怎麼做？

1 Open your eyes!
睜開你的眼睛。

2 Close your eyes!
閉上你的眼睛！

3 Raise your left arm!
舉起你的左手！

4 Raise your right arm!
舉起你的右手！

5 Clap your hands!
拍拍你的手！

6 Bend your knees!
彎彎你的膝蓋！

7 Stretch your arms!
伸展你的雙臂！

8 Shake your body.
搖搖你的身體！

做完了小體操，就得去刷牙洗臉囉！好好準備一天的開始了！

wash your
face
洗臉

brush
your teeth
刷牙

wash your
hair
洗頭髮

comb your
hair
梳頭髮

take a
shower
去沖個澡

take a bath
去泡個澡

flush the
toilet
沖馬桶

turn off the
water
把水關掉

現在，讓我們來看看浴室裡面有些什麼東西呢？

I'm going to take a shower.
我想沖個澡。

Make sure you brush your teeth.
記得要刷牙。

「我要去沖個澡」
也可以說
「I'm going to take a shower.」喔！

❶ towel 浴巾

❷ sink 水槽

❸ razor 刮鬍刀

❹ toothbrush 牙刷

❺ hairdryer 吹風機

❻ mirror 鏡子

❼ soap 肥皂

❽ toothpaste 牙膏

❾ shampoo 洗髮精

❿ conditioner 潤髮乳

⓫ shower head 蓮蓬頭

⓬ bathtub 浴缸

⓭ shower curtain 淋浴用門簾

⓮ toilet 沖洗式馬桶

⓯ toilet paper 衛生紙

⓰ tap 水龍頭

⓱ brush 刷子

出門
The school bus is waiting for you.
校車在等你喔。

Q一下馬上聽

07.mp3

...is waiting for you. (…在等你)

在歐美國家,因為學校與住宅區的距離較遠,所以大部分的學校都有提供校車的服務。「~ is waiting for you」這句話的意思是指「~在等你」。

「The school bus is waiting for you.」意思是「校車在等你喔」。換句話說,我們也可以說「The school bus is coming.」,表示「校車來了」。通常媽媽這麼說的時候,還會再多說一句催促孩子的動作快一點,「Hurry or you'll be late for the bus.」意思是「快點,否則就要來不及上車了」。

The school bus **is coming**. 校車來了。

Hurry or you'll be **late for school**. 快點,否則你就要來不及上學了。

Conversation 英語對話親體驗

「我準備好做～」的意思

Mom, (I'm ready) for school.

媽，我準備好要去上學了。

★ 出門時，我們也可跟媽媽說「I'm leaving. Mom！」，
意思是「媽，我出門囉！」

「放學」的意思

Don't forget to come straight home (after school.)

別忘了放學直接回家喔。

★ Don't forget 「別忘記」的意思。

know 的三態變化：
know - knew - known

I (know,) mom.

我知道，媽咪。

偷東西是不對的行為喔。

Have you got (everything?)

可替換成別的名詞，例如「lunchbox」，就是「午餐盒帶了沒？」

東西都帶了嗎？

★ Have you got ~ 意思是「你有帶~？」，
例如「Have you got your school bag?」
你有帶書包嗎？

Have you got everything?

Oh, my jump rope. Mom, can you get it for me?

喔，（我忘了帶）我的跳繩。媽，你能幫我拿一下嗎？

★ jump rope 就是跳繩，另外像是台灣的學生會玩的，如 diabolo 扯陀螺，kick the shuttlecock 踢毽子等等。

Plus plus 也可以這樣說

孩子出門前，媽媽通常都會這樣叮嚀！

Don't forget to come (straight) home after school.

直接，這裡當副詞用

別忘了放學直接回家喔。

　　這句話我們也可以換句話問，「Will you be home at the usual time? 你會和平常一樣的時間回家嗎？」或者媽媽也可以直接問孩子，「What time are you coming home?你幾點回家？」

「going to」的口語說法

Are you (gonna) be late today?

今天要晚點回來嗎？

　　媽媽也可以這麼問孩子「Will you be late today?」，孩子可以回答媽媽說：「No, I'll be home at the usual time.沒有，我會和平常一樣的時間回家」，或是「Yes, I'll be home around seven o'clock. 對，我大約七點左右回到家。」

小朋友，上學前要注意喔！

Have you got everything?

東西都帶了嗎？

　　總是忘東忘西的孩子，出門前都得問問東西帶齊了嗎？另外的說法，我們也可以說「Aren't you forgetting something?」，意思是「有沒有忘了什麼東西？」。

可替換成別的名詞，例如「work」，就是「我準備要去上班了」

I'm ready for (school.)

我準備好要去上學了。

　　有時候媽媽遇到喜愛發問的孩子，媽媽也可以俏皮的說「I'm ready for your questions. 我準備好回答你的問題了。」

56

Phrase&Idiom 片語格言輕鬆說

leave alone 避免擾亂、打擾

　　出門時和媽媽說「Mom, I'm leaving!」意思是「媽，我出門囉！」。
leave 表示「離開」，在這裡「leave alone」可以分開來解釋為「離開」和
「獨自」，例如「讓我一個人好嗎？」可以說「Leave me alone, please.」。

Vocabulary 活學活用

★ around [əˋraʊnd] 介 大約

★ come [kʌm] 動 來，來到

★ diabolo [dɪˋæbəˌlo] 名 扯陀螺

★ everything [ˋɛvrɪˌθɪŋ] 代 每件事

★ forget [fɚˋgɛt] 動 忘記

★ jump rope 名 跳繩

★ late [let] 形 遲的，晚的

★ leave [liv] 動 離開

★ lunch box 名 便當（午餐盒）

★ school bag 名
　書包（學校規定使用的書包）

★ school bus 名 校車

★ shuttlecock [ˋʃʌtlˌkɑk]
　名 （踢）毽子；（打）羽毛球

★ straight [stret] 副 直接地；立刻，馬上

★ usual [ˋjuʒʊəl] 形 通常的，平常的

★ wait [wet] 動 等，等待

★ work [wɝk] 名 工作

My Study Room 書房單字怎麼說

不知道爸爸媽媽有沒有仔細看過孩子的書桌上都放些什麼文具用品？還是都是擺放他的玩具呢？可以利用這一單元來檢視一下孩子的桌子上到底有什麼東西喔，順便幫孩子複習一下這些東西用英文應該怎麼說！

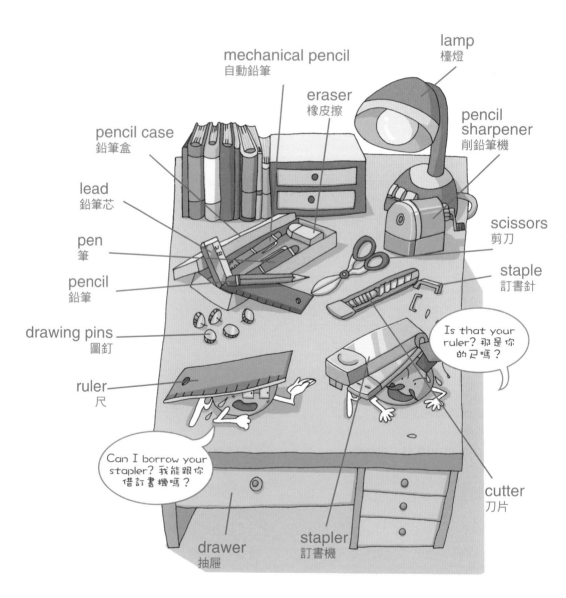

mechanical pencil
自動鉛筆

lamp
檯燈

eraser
橡皮擦

pencil sharpener
削鉛筆機

pencil case
鉛筆盒

lead
鉛筆芯

pen
筆

pencil
鉛筆

scissors
剪刀

staple
訂書針

drawing pins
圖釘

ruler
尺

Is that your ruler? 那是你的尺嗎？

Can I borrow your stapler? 我能跟你借訂書機嗎？

cutter
刀片

drawer
抽屜

stapler
訂書機

小朋友要把房間整理一下囉！不然爸爸媽媽會生氣唷！

❶ desk 書桌

❷ computer 電腦

❸ chair 椅子

❹ bookshelf 書櫃

❺ lamp stand 站立式檯燈

❻ photo 相片

❼ globe 地球儀

❽ map 地圖

❾ alphabet 字母表

❿ clock 時鐘

⓫ book 書

⓬ trophy 獎盃

⓭ basketball 籃球

⓮ badminton racket 羽球拍

⓯ jump rope 跳繩

⓰ school bag 書包

就寢
It's your bedtime.
該睡了。

　　小朋友總是捨不得早早就上床去睡覺，非要看個電視連續劇才勉強去躺在床上。「It's your bedtime 也可以說「Time to go to sleep」，意思是「不早了該睡覺囉！」

　　聰明的媽媽不知道有沒有發現「bedtime」這個字特別好記的地方呢？「bedtime」是指「就寢時間」，是由 bed 床+ time 時間組合起來的名詞。類似的單字還包括「lunchtime 午餐時間」，「dinnertime 晚餐時間」，「playtime 娛樂時間」，或是「summertime 夏季」等等組合字。

> It's your **bedtime**. 該睡了。
> It's **lunchtime** now. 現在是午餐時間。

　　不過喜歡賴皮的孩子一定喜歡跟媽媽說「It's too early for bed.」，意思是「現在睡還太早了」。

Conversation 英語對話親體驗

「上床睡覺」的意思

 Jenny, you should (go to bed) now.

珍妮，該睡了。

★ bed 是指「床」的意思，也表示「睡覺，就寢時間」。

 But it's still (early.) ── 相反詞就是「late」，「晚」的意思

但是現在還很早啊。

★ still early「仍然很早」的意思。

　　如 Scene 3 提到的句子 still sleepy「仍然很想睡」。

「Don't」開頭的句子，都是「不要～」的意思

 (Don't) stay up late.

不要太晚睡。

★ stay up 是指「熬夜」。

Don't stay up late.

But I'm not sleepy.

 But, daddy, I'm not sleepy.

可是，爸，我還不想睡。

★ sleepy 是形容詞「想睡的」意思。

相反詞就是「turn on」，「打開（電燈）」的意思

 Well, honey, (turn off) the light, lie down and go to sleep.

嗯，親愛的，（現在）把電燈關了，躺下來睡覺。

★ 還記得在 scene 6 中，我們有提過「turn off」是指「關掉」的意思喔！

爸爸，
你可以這麼
跟孩子說！

「你應該～」的意思

You should go to bed now.

該睡了。

「It's your bedtime.」意思是「是你的就寢時間了」，或是「It's time for bed.」表示「是時間去睡了」。爸媽也可以這麼說來催促孩子快點去睡覺，「Hurry up and go to sleep.」。

「躺下來」的意思

Turn off the light, lie down and go to sleep.

（現在）把電燈關了，躺下來睡覺。

如果是「Leave the light on.」意思就是「讓電燈開著」，leave 是「維持著…的狀態」的意思，可以用來表示電燈、引擎、窗戶等等一直都打開沒關的狀態。

小朋友還不
想睡，可以
這麼回答！

副詞，「早，提早」的意思

It's still early.

現在還很早啊。

「Please come early.」就是「請早點來」的意思。這句話相反的說法則是「It's too late.」，意思是「太遲了」。

I'm not sleepy.

我還不想睡。

我們也可以說「I'm drowsy.」，drowsy 指「睏得眼睛都睜不開」的意思。另外，午睡則有另一個單字來表示，「nap」就是「打盹兒，午睡」的意思。「Take a nap.」，意思是說「去睡個午覺，去打個盹兒」。

Phrase&Idiom 片語格言輕鬆說

early bird 早起者

我們中文有這麼一句話，早起的鳥兒有蟲吃。英文怎麼說呢？原來是「The early bird gets the worm.」。形容一個人真的很早起來，可以說「He's quite an early bird.」意思是「他起得相當的早」。

Vocabulary 活學活用

★ bedtime [`bɛd͵taɪm] 名 就寢時間

★ dinnertime [`dɪnɚ͵taɪm] 名 晚餐時間

★ dream [drim] 名

　夢（也可以作為夢想或是願望的意思）

★ drowsy [`draʊzɪ] 形 昏昏欲睡的

★ early [`ɝlɪ] 形 早的；提早的

★ lie down 片 躺下

★ light [laɪt] 名 燈；光

★ lunchtime [`lʌntʃ͵taɪm] 名 午餐時間

★ nap [næp] 名 打盹兒；午睡

★ playtime [`ple͵taɪm] 名 娛樂時間

★ pleasant [`plɛzənt] 形

　令人愉快的；和藹可親的

★ study hard 片 用功讀書

★ summertime [`sʌmɚ͵taɪm] 名 夏季

★ sweet [swit] 形 甜的；美味的

Bedroom 臥室單字怎麼說

　　小朋友，起床後你有摺棉被嗎？我們現在可要進去看你的房間囉！快來看看這些房間裡到底有些什麼東西呢？是不是和你的房間一樣都有這些東西？如果亂七八糟的，要趕緊收拾好喔！不然喜歡碎碎唸的媽媽可要開始發功囉！

wardrobe
衣櫥

peg(s)
掛物釘

poster
海報

lamp
床頭燈

sheet
床單

pillow
枕頭

doll
洋娃娃

aircraft
飛機模型

single bed
單人床

quilt
棉被

Let's fold up the quilt. 我們把棉被摺一摺吧！

很麻煩耶！

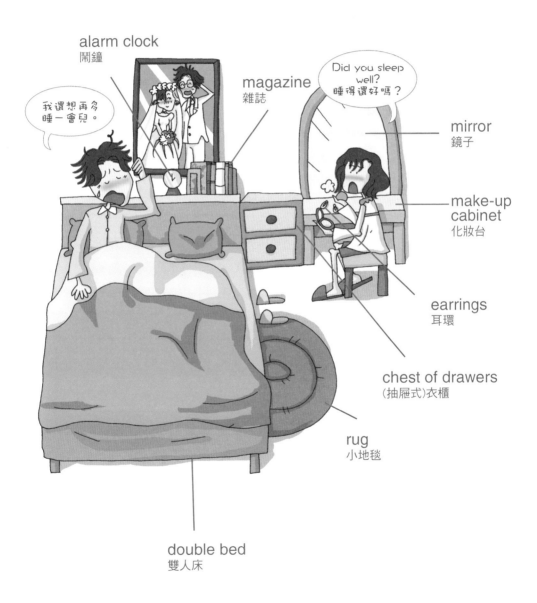

Act 2
學校生活

SCENE 9 　放學回家

SCENE 10 　過得如何

SCENE 11 　介紹同學、朋友

SCENE 12 　學校情況

SCENE 13 　社團

SCENE 14 　運動會

Who's your best friend?

放學回家
What's the homework today? 今天的功課是什麼？

Q一下馬上聽

09.mp3

What's...today?（今天的…是什麼？）

提到「homework」回家作業，相信是許多孩子最不喜歡做的事情，有的爸爸媽媽會將孩子送到「cram school」補習班讓老師指導孩子做作業，有的則是爸媽親自陪伴孩子一起將作業寫完。

另外也可以這麼問，「Do you have any homework today?」意思是「你今天有功課嗎？」「What's ~ today?」意思是「今天的～是什麼？」。

What's the homework **today**? 今天的功課是什麼？

What are the snacks **today**? 今天的點心是什麼？

What's the prize for **today**? 今天給的獎品是什麼？

我也要吃！

What are the snacks today? 今天的點心是什麼？

洋芋片！

Conversation 英語對話親體驗

在這裡是副詞，「到家」的意思

 Daddy, I'm home.

爸，我回來了。

「any」一般用於疑問句或否定句

 Do you have any homework today?

妳今天有功課嗎？

★ homework 是指「回家作業」，而 housework 就是「家事」的意思囉！

「it」在這裡是代替「homework」的代名詞

 I'll do it later.

我等一下再做。

★ later 是「之後，以後」，late 是「遲的」，可別搞混囉！

原形動詞放句首，就是祈使句喔，有「命令」的感覺

 Go and do it now.

現在就去做。

 Can I have some cookies first, please?

我能不能先吃一點餅乾？拜託。

★ please 有「請」以及「拜託」的意思。當孩子撒嬌地說「please~」，媽媽可就沒輒囉！

「today」是時間副詞，通常放在句末

Do you have any homework today.

妳今天有功課嗎？

有威嚴的爸爸，可以這麼催促小朋友！

孩子最討厭寫功課了，爸媽一定要叮嚀孩子「Homework comes first!」，一定要「先做功課」哦！

口語上可以簡化成「go do it」

Go and do it now.

現在就去做。

這句話其實有著命令式的威嚴喔！小朋友，爸媽生氣的時候最好乖乖聽話喔！

也可以換成「back」，同樣是「我回來了」的意思

I'm home.

我回來了。

爸媽可以給回到家的寶貝一個擁抱，跟他說「Welcome home!」，意思是「歡迎你回來」。

放學後想休息一下的小朋友，可以這麼說哦！

是「I will」的縮寫，用「will」表示「未來式」的時態

I'll do it later.

我等一下再做。

聰明的小朋友就懂得先把作業做完才去看電視喔！這句話的英文應該怎麼說呢？原來「I'll watch TV after I finish my homework.」意思就是「我做完回家功課才會去看電視」。

「have」在這裡是「吃」的意思

Can I have some cookies first, please?

我能不能先吃一點餅乾？拜託。

放學回到家的小朋友，肚子最容易餓了，回到家開口的第一句話一定問「Where are the snacks?」，意思是「點心在哪？」。

Phrase&Idiom 片語格言輕鬆說

please oneself 使自己感到滿足的

　　如果有客人來訪，常常我們在中文裡會說，「請自便！請自己來！請隨意！」please 除了在對話中解釋為用於請求的「拜託」外，也可以是中文「請」這個字哦！像是「請便」則可以說「Please yourself.」，是不是很有意思呢！

Vocabulary 活學活用

★ back [bæk] 副 向後；往回

★ cookie [ˈkʊki] 名 甜的餅乾

★ cram school 片 補習班

★ cupboard [ˈkʌbəd] 名 廚櫃，食櫃

★ finish [ˈfɪnɪʃ] 動 完成

★ first [fɝst] 形 第一的；最先的

★ homework [ˈhomˌwɝk] 名

　（學生的）家庭作業

★ housework [ˈhaʊsˌwɝk] 名 家事

★ please [pliz] 動

　（用於請求或是命令的）請

★ prize [praɪz] 名 獎品，獎金

★ snack [snæk] 名 小吃；點心

★ welcome [ˈwɛlkəm] 感 歡迎

過得如何
How was school today?
今天在學校過得如何？

How was... (…如何？)

問問孩子今天在學校有沒有發生什麼有趣的事情，會讓孩子感到被關心的溫暖喔！平常我們問問其他人，可以說「How was your day?」，意思是「今天過得怎麼樣？」也是一句關心別人的問候語。

如果知道孩子去露營或是跟著學校去郊遊玩樂，媽媽就可以問，「Did you have a good time?」。意思是「今天還愉快嗎？」。

不過媽媽最喜歡問的問題應該是「How was your test?」吧！「你考試考得如何？」。如果考得好，不用媽媽問，也會一看到媽媽就直接跟媽媽說自己的成績，然後要獎勵吧！如果考得不好，小朋友可能像苦瓜一樣的一張臉，一點都不想提起，也不想跟媽媽說成績如何吧！

How was your test? 你考試考得如何？
How was camp? 營隊玩得如何？

How was your test?

……

Conversation 英語對話親體驗

替換成「your day」就是「今天過得如何」的意思

How was (school) today?

今天在學校過得如何？

★ how was ~ 是表示「如何~」，例如「How was your Christmas?」，意思是「聖誕節過得如何？」

make 的三態變化：make - made - made

It was great! I (made) some friends.

很棒啊！我交了一些朋友。

★ great 是形容詞，表示「美妙的，極好的」。

Really! That's good.

真的啊！那很棒啊。

★ Really 是一句很好用的口頭語，如同中文裡我們總愛把「真的喔~」掛在嘴邊。

But the lessons this semester are a little bit hard.

不過這個學期的課程有點難。

★ semester 是一學期的意思，另外「短期的課程」我們用另一個單字「term」來表示喔。

hard 有「辛苦，困難」等意思

They aren't (hard.) I'm sure you can do it.

它不難，我相信妳做得到的。

★「study hard」意思是「讀書辛苦點」！意思是要「用功讀書」喔！

Plus plus 也可以這樣說

How was school today?

今天在學校過得如何？

「How was ～」是很好用的一個句型喔！表示「如何～」的意思。例如「How were your kids?」，意思是「你的小孩子過得如何？」記起來，這是很好用的一個問候語喔！

「sure」的前面加上「un」變成「unsure」，就是反義詞「缺乏信心」的意思

It isn't hard. I'm (sure) you can do it.

它不難，我相信妳做得到的。

「It isn't hard.」這一句子，也可以用「It isn't difficult.」來表達同樣的意思。「I'm sure you can do it.」是用來激勵孩子，給他信心支持他的句子。

「make friends」是一句片語，意思是「交朋友」

I (made) some (friends.)

我交了一些朋友。

「make」用於平常的句子中，我們也可以說「I made some cookies.」，即「我做了一些餅乾」的意思。made 是 make 的過去式，有「製作，成為」等意思。

But the lessons this semester are (a little bit) hard.

「a little bit」意思是「一點點」

不過這個學期的課程有點難。

通常越往高年級，課業的壓力就會越來越難，爸媽要適時的給予鼓勵喔！另外孩子在外一定有補習許多的才藝，像是「piano lesson」鋼琴課，或是「computer lesson」電腦課等等，也可以用來替代這個句子的主詞喔！

74

Phrase&Idiom 片語格言輕鬆說

Every little bit helps. 小兵也可以立大功。

　　這句話的意思如果直接翻譯的話，意思就是「即使只是一個小小的事物都會有幫助，匯聚起來都能成為一股助力」。「every little bit」表示「每一個小小的一點點的（幫助）」。這麼解釋之後，這句話是不是容易記住了呢？

Vocabulary 活學活用

★ abacus [`æbəkəs] 名 算盤

★ camp [kæmp] 名 露營

★ computer [kəm`pjutɚ] 名 電腦

★ difficult [`dɪfəˌkəlt] 形 困難的

★ friend [frɛnd] 名 朋友，友人

★ great [gret] 形 優秀的，極好的

★ hard [hɑrd] 形 艱難的；辛苦的

★ kid [kɪd] 名 小孩（口語化的說法）

★ lesson [`lɛsn] 名 課程，一節課

★ little [`lɪtl] 形 小的；不多的

★ piano [pɪ`æno] 名 鋼琴

★ semester [sə`mɛstɚ] 名 半學年；一學期

★ term [tɝm] 名 學期

★ test [tɛst] 名 測驗，小考

介紹同學、朋友
Nice to meet you.
很高興認識你

Q一下馬上聽

11.mp3

對爸爸媽媽來說，了解自己的孩子都交了些什麼樣的朋友，除了能夠幫助了解自己的孩子，還可以幫助孩子過濾不應該深交的朋友。

一般在初次見面的時候，都會先約略的介紹自己的名字，然後互相說聲「Nice to meet you.」。

I'm glad to meet you. 我很高興認識你。

It's great meeting you. 認識你真是很棒！

It's a pleasure to meet you. 認識你真是高興！

在正式的場合裡，我們可以說「How do you do？」而另一方也回答「How do you do?」，這是初次見面彼此寒暄的用語喔！

Conversation 英語對話親體驗

跟人介紹朋友的時候，用「this is +人名／稱謂」

Mom, this is my friend, Andy.

媽，這是我的朋友安迪。

★ friend「朋友」，另外 classmate 是「同學」的意思。

還記得嗎？「hi」、「hello」都是很常用的招呼語

Hi, Andy. Welcome to our house.

嗨，安迪。歡迎來我們家玩。

★ welcome 是表示「歡迎」。

也可以替換成「nice」、「great」，意思不變

Good to meet you, Aunty Su.

很高興見到你，蘇阿姨。

「我們都是一國的」。

在句尾加上「too」，就是有禮貌地回應喔

I'm glad to meet you too.

我也很高興見到你。

Mom, can we go play volleyball now?

媽，我們能去玩排球嗎？

★ volleyball 是指「排球」，另外學生最常玩的球類有 basketball「籃球」、baseball「棒球」及 dodge ball「躲避球」等等。

口語化的句子，意思是「你去吧」

Of course, off you go.

當然可以，去吧！

★ of course 是指「當然」，我們也可以說「sure」或是「certainly」，是一樣的意思。

Plus plus 也可以這樣說

是「歡迎」的意思

Welcome to our house.

歡迎來我們家玩。

　　我們也可以說「Welcome to my place.」，意思是「歡迎來到我的地方」。作為形容詞，我們可以這麼說「She was a welcome friend.」，意思是「她是受歡迎的朋友」。

meet 的三態變化: meet - met - met

I'm glad to (meet) you **too.**

我也很高興見到你。

　　這句話也可以這樣回答：「So am I.」，意思是「我也是。」或是「The feeling is mutual.」表示「彼此彼此」的意思。更有禮貌的說法，適用於正式的場合，我們可以這麼說「It's an honor for me to meet you.」，意思是「很榮幸認識你」。另外也可以將「see」代替「meet」，比如「I'm happy to see you.」，意思是說以前已經見過面了，再次相遇之後所說的「很高興見到你」。

與「sure」、「certainly」是一樣的意思

Of course, off you go.

當然可以，去吧！

　　Off you go 是一句較不正式的句子，意思是「你去吧！」。或者解釋為「你可以走了」，較為口語化！

This is **my friend**, Andy.

這是我的朋友安迪。

　　「I'd like you to meet a friend of mine.」意思是「我來介紹一個朋友給你認識」。這句話比較正式有禮貌，適合在正式場合使用。

Phrase&Idiom 片語格言輕鬆說

I ran into him. 我和他不期而遇。

　　ran into 是指不期然相遇的意思。換句話說，「I bumped into him.」也是指不期然相遇的意思。如果是遇到與你打招呼但不是你認識的人，那麼該怎麼表達呢？我們可以這麼說「He's/She's a stranger to me.」，意思是「我不認識他／她」或是「他對我來說是個陌生人」。這句話則表現出了「以前不曾見過面」的意思。

Vocabulary 活學活用

★ certainly [`sɝtənlɪ] 副

　（用於回答是指）當然；沒問題

★ classmate [`klæsˌmet] 名 同班同學

★ feeling [`filɪŋ] 名 感覺

★ glad [glæd] 形 高興的，快活的

★ happy [`hæpɪ] 形 快樂的

★ honor [`ɑnɚ] 名 榮譽

★ meet [mit] 動 認識；遇見

★ mutual [`mjutʃʊəl] 形 相互的；彼此的

★ nice [naɪs] 形 美好的，友好的

★ of course 片 當然

★ pleasure [`plɛʒɚ] 名 愉快，高興

★ ride [raɪd] 動 騎；乘

★ sure [ʃʊr] 副 的確，當然

學校情況
Who's your best friend?
你最好的朋友是誰？

Who's your... （你的…是誰？）

爸爸媽媽最喜歡問孩子這個問題了！父母可以藉由這些問題去增進親子之間對話，對於親子關係相當的好喔！

這一句話我們也可以換句話說，如「Who is your close friend? 你最親近的朋友是誰？」，或者說「Who do you play with every day? 你每天都和誰一起玩？」

有時候遇到親切的鄰居，會問孩子「Which school do you go to?」或是「What school do you go to?」，意思是「你讀哪一間學校？」。還有我們常問孩子「What grade are you in?」，意思是「你讀幾年級？」。另外，問到高中、大學幾年級的話，則會說「What year are you in?」。

Who's your best friend?

嗯……

Conversation 英語對話親體驗

指可數的問句「多少～？」

(How many) classmates are there in your class?

你們班上有幾個同學？

「there is」（單數）、「there are」（複數）是
「有」的意思

(There) are thirty-six students in our class.

我們班上有三十六個學生。

也是「有」的意思

So, how many friends do you (have) ?

那麼你有幾個朋友呢？

★「So」作為一個句子的連接詞時，解釋為「因此」、「所以」的意思。

用在可數名詞時 = many，用在不可數名詞時 = much

I have (a lot of) friends.

我有很多的朋友。

★「a lot of」是指「很多的」的意思。

Who's your best friend?

那誰是你最好的朋友？

★「best」表示「最好的」，
「good」表示「好的」，
另外「better」為「更好的」的意思。

Andy is my best friend.

安迪是我最好的朋友。

★「my」是指「我的」的意思。另外「mine」也是「我的某某人事物」的意思，
當受詞用。

媽媽這麼說，關心小朋友的交友狀況！

How many classmates **are there in your class**?

你們班上有幾個同學？

　　如上一頁所註解的，「how many」是指可數的問句，另外不可數的東西如「water 水」、或是「sugar 糖」等則使用「much」，「How much sugar did you put in?」，意思是「你放了多少糖？」。

So, **how many** friends **do you have**?

那麼你有幾個朋友呢？

　　「so」一般做口語化使用，比如我們常聽到的「So, what are you waiting for?」，意思是「所以你還在等什麼呢？」

小朋友，你也可以這麼回答！

後面加的名詞是單數時就要用「is」喔

There (are) thirty-six students in our class.

我們班上有三十六個學生。

　　如果問題問的是家裡有幾個成員，則可以簡單地回答「Four people.」。如果只有一個人，比如說「我們班上只有一個老師」，則必須用單數，There are 要改成「There is~」。

可替換成其他數量詞，例如「plenty」「some」

I have (a lot of) friends.

我有很多的朋友。

　　「a lot of」也可以替換成「lots of」，都是指「許多」的意思。另外其他的說法如「plenty」大量的，「quite a few」相當多，來替代句子中「a lot of」就可以組成另一個句子囉！比如「I have some friends.」，意思是「我有一些朋友。」

Phrase&Idiom 片語格言輕鬆說

A friend in need is a friend indeed. 患難見真情。

　　這句話如果直接翻譯的話，可以解釋為「一個朋友在窮困的時候才是一個真正的朋友」。在句子裡，「in need」是表示「在窮困、困難時」，而「indeed」則是表示「真正的」。這兩個字有押韻，讀起來就像詩或繞口令一樣，很好記住哦！

Vocabulary 活學活用

★ a few 片 幾個；為數不多的

★ close [klos] 形 （關係）密切的，親密的

★ family [`fæməlɪ] 名 家，家庭

★ grade [gred] 名 等級；（中小學的）年級

★ many [`mɛnɪ] 形 許多的，多的

★ much [mʌtʃ] 形 許多，大量的

★ parents [`pɛrənts] 名 雙親

★ people [`pipl] 名 人們

★ plenty [`plɛntɪ] 形 很多的，足夠的

★ some [sʌm] 形 好幾個，不少

★ student [`stjudnt] 名 學生

★ teacher [`titʃɚ] 名 老師

★ year [jɪr] 名 年；學年

Adjectives 形容詞單字怎麼說

How many friends do you have? 你有幾個朋友？
I have _____ friends. 我有 _____ 朋友。

Quantity 數量

no 沒有

a few 為數不多的
some 一些

few 幾個

a lot of／lots of 許多
many／plenty 很多的
quite a few 相當多

Opposite words 反義字

小朋友,我們來學一些有趣的形容詞吧!

good 好的　　　bad 壞的　　　left 左邊　　　right 右邊

fat 胖的　　　thin 瘦的　　　in 在裡面　　　out 在外面

hot 熱的　　　cold 冷的　　　long 長的　　　short 短的

small 小的　　　big 大的　　　easy 容易的　　　difficult 困難的

over 在上面

under 在下面

empty 空的

full 滿的

new 新的

old 舊的

slow 慢的

fast 快的

dirty 髒的

clean 乾淨的

dark 黑暗的

light 光亮的

soft 軟的

hard 硬的

open 打開的

closed 關上的

Personality 人格特質

小朋友，你知道怎麼形容你的好朋友是個什麼樣子的人嗎？你知道你自己又是什麼樣的個性呢？安靜的，還是活潑的？接下來我們要看看怎麼形容別人的特質哦！

What's he (she) like? 他（她）是什麼樣子的人？
He (She) is _____. 他（她）是_____的人。

She is +	nice	友好的
	intelligent	聰慧的
	generous	大方的
	kind	親切的

She is +	smart	機伶的
	honest	正直的
	cool	酷的
	cheerful	滿面笑容的

She is +	talkative	愛講話的
	outgoing	外向的
	hyper	激動熱情的
	distracted	容易分心的

He is + lazy   懶散的

strange   奇怪的

weird   古怪的

She is + moody   情緒化的

stubborn   倔強的

jealous   妒忌的

negative   負面的

He is + witty   說話幽默的

funny   愛開玩笑的

positive   正面的

She is + patient   有耐心的

quiet   安靜的

shy   害羞的

sensitive   敏感的

另外，我們還可以怎麼評論他人呢？

He's a good man. 他是個不錯的人。

That's the way he is. 他就是這樣的人。

He has a bad temper. 他的脾氣不好。

She has a good temper. 她的脾氣很好。

He's selfish. 他很自私自利。

He's acting big. 他很自大。

社團
What club do you belong to? 你參加什麼社團？

Q一下馬上聽

13.mp3

　　換一種方式問，也可以這麼說「What club are you in?」，意思是「你在哪一個社團？」，孩子能這麼回答「I'm in the school choir.」，意思是「我加入學校的合唱團」。

　　媽媽可以多問問孩子的興趣的是什麼，多鼓勵孩子去發掘他的天賦。媽媽可以問「What are your interests?」，意思是「你對什麼有興趣？」。「interest」是指「興趣、關心的事情」。如果孩子告訴媽媽說「I'm interested in art. 我對美術有興趣」，這時候媽媽就可以鼓勵孩子去學畫畫囉！

What kind of things are you interested in?

什麼樣的事情讓你感到興趣？

What do you like? 你喜歡什麼？

Conversation 英語對話親體驗

I am a member of the basketball club. Do you want to join us?

可以等我長高一點嗎？

Peter, which club do you want to join?

「參加」的意思

彼得，你想參加哪一個社團？

★ club 是指「俱樂部」的意思，在這裡我們稱為「社團」。

=How about，用在徵詢意見或打聽消息，也可以用「And you?」，意思是「你呢？」

I haven't decided yet. What about you, Andy?

我還沒決定。那你呢，安迪？

★ yet 表示「還（沒）」的意思，用於否定句後面。

I am a member of the basketball club. Do you want to join us?

我是籃球社的一員。你要一起加入我們嗎？

★「member of ～」，意思是「～的會員」，比如「member of Sogo Department Store」是 Sogo 百貨公司的會員。

「how to + 動詞」是「如何（做）～」的意思

But I don't know how to play basketball.

但是我不會打籃球。

「對…事情擔心、焦慮」的意思

It's OK. Don't worry about it. Our school coach will train us to play basketball.

沒關係的，不用擔心。我們學校的教練會訓練我們如何打籃球。

★ coach 是「教練」的意思，另外如「tutor」則是指家教老師，和在學校的老師「teacher」有不同說法。

Plus plus 也可以這樣說

「哪一個」的意思,「Which one did you choose?」意思是「你選擇哪一個?」

小朋友,
決定好參加什麼社團了嗎?

Which club **do you want to join**?
你想參加哪一個社團?

　　也可以這麼說「What club are you in?」,意思是「你在哪一個社團?」。民主的媽媽會這麼問孩子,讓孩子決定他自己的事情,「What decision did you make?」,意思是「你做了什麼樣的決定?」。

表達「你想要~?」的意思

Do you want to **join us**?
你要一起加入我們嗎?

　　在學校,孩子可以邀請同學一起遊戲,比如說「Do you want to play with us?」,意思是「你想要和我們一起玩嗎?」。

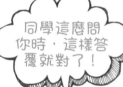

同學這麼問你時,這樣答覆就對了!

I haven't decided **yet**.
我還沒決定。

　　如果孩子還沒有把回家作業做完,這句話應該怎麼說呢?原來是「I haven't finished yet.」,意思是「我還沒有完成」。「yet」用於疑問句中,則表示「現在,已經」的意思,例如「Has she finished her homework yet?」,意思是「她回家作業做完了沒有?」

意思是「我不知道怎麼~」

But I don't know how to **play basketball**.
但是我不會打籃球。

　　媽媽有時候也要放手讓孩子幫忙一起做家事喔!做家事也是促進親子關係的一種方式,不過孩子可能會跟媽媽說「I don't know how to clean the floor. 我不知道怎麼清掃地板。」

92

Phrase&Idiom 片語格言輕鬆說

belong to 是⋯的成員

belong 是指「屬於」，或是在分類上「應歸入」的意思，belong to 則可以作為表示「屬於⋯的成員」，例如說「What sports club do you belong to?」，意思是「你是屬於哪一個運動社團呢？」。

Vocabulary 活學活用

★ art [ɑrt] 名 藝術；美術

★ calligraphy [kəˋlɪgrəfɪ] 名 書法

★ choice [tʃɔɪs] 名 選擇

★ club [klʌb] 名 （運動，娛樂等的）俱樂部，會，社

★ coach [kotʃ] 名 （運動隊的）教練

★ decided [dɪˋsaɪdɪd] 形 決定了的，果斷的

★ decision [dɪˋsɪʒən] 名 決定；果斷

★ department store 片 百貨公司

★ interest in 片 興趣；關注

★ join [dʒɔɪn] 動 參加；作⋯會員

★ member [ˋmɛmbɚ] 名 團員；成員

★ painting [ˋpentɪŋ] 名 繪畫，上油漆

★ tae kwon do 片 跆拳道

★ track and field 片 田徑運動

★ train [tren] 動 訓練；培養

★ tutor [ˋtjutɚ] 名 家庭教師，私人教師

★ worry [ˋwɝɪ] 動 擔心；發愁

運動會

School Sports Day is on this Saturday.
學校的運動會在這個星期六。

　　孩子喜歡的運動可能跟大人所喜歡的不太一樣。「What kind of sports do you like?」，意思是「你喜歡的運動是什麼？」。大部分的家長都喜歡看而已，並不會玩，比如世界盃足球「the World Cup」，或是台灣人最愛看的職棒「baseball」棒球。那麼用英文要怎麼問呢？「Do you play baseball?」，意思是「你玩棒球嗎？」。這時候爸爸媽媽就可以回答說「No, I just like to watch.」（沒有，我只是喜歡看而已）。

　　爸爸媽媽也可以問問孩子會什麼運動？「What kind of sports can you play?」，意思是「你會玩什麼球類運動？」或者是「Do you know how to play basketball?」，是指「你知道怎麼打籃球嗎？」。如果孩子不知道怎麼玩，爸爸媽媽就可以教孩子打籃球囉！「Let me show you how to play it.」，這句話回答地有點神氣喔，「讓我來教你怎麼玩吧！」。

What kind of sports do you like? 你喜歡的運動是什麼？
Do you play baseball? 你玩棒球嗎？
Do you know **how to play** basketball?
你知道怎麼打籃球嗎？

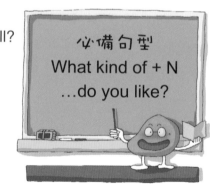

必備句型
What kind of + N
...do you like?

Conversation 英語對話親體驗

「what day」問的是星期幾，如果問的是
「what date」，表示問的是日期

Jenny,  is the Sports Day?

珍妮，運動會是星期幾呢？

★ Sports Day 是指「運動會」。

「在」星期幾，介系詞用「on」

It's on this Saturday.

就是這個星期六啊。

★ 也可以簡單的說「the following Saturday」，
意思是「接下來的星期六」。

用滾的
也作弊！

hold 的三態變化：hold - held - held

Where is it being held?

那在哪裡舉辦呢？

★ held 是 hold 的過去式，在這裡是「舉行」的意思。

It's in the Sports Center at our school.

在我們學校的運動館裡。

I can run
fast!

★ Sports Center 是指「運動中心」，還有其他說法如 playground「操場」，
sports field「運動場」或是較為正式的比賽場地，如 stadium「體育場」。

Are you in any competitions for Sports Day?

珍妮，運動會那天妳有參加任何比賽嗎？

★ competition 是指「比賽，競賽」的意思，如 game、match 都是「競賽」的意思。

「我可以～」的意思，表示能力

 **run fast. Dad, you should come to see me.**

我跑得很快。爸，你要來看我喔。

Plus plus 也可以這樣說

爸爸，這種情況時你還可以這麼說！

也可以直接用「when」來問時間

What day is the Sports Day?

運動會是星期幾呢？

換句話說「When is your Sports Day?」，意思是「你們運動會是哪一天？」或者說「When is the Sports day coming?」，意思是「運動會是什麼時候到來？」。

是單字「hold」的過去分詞，這裡指「舉行」，另外有「擁有」等意思

Where **is** it **being** held?

那在哪裡舉辦呢？

我們也可以說「Where is it located?」，意思是「地點在哪裡？」，一般在海報上的活動皆有標明「date」日期、「time」時間以及「location」地點。「location」則是指「有指定的位置」。

小朋友，這些句子運動會時可以派上用場！

Are you **in any competitions** for Sports Day?

運動會那天妳有參加任何比賽嗎？

「Will you play any games on the day?」爸媽如果得知孩子有參加運動會的競賽，也可以這麼問孩子。這句話的意思就是「你那天有參加任何比賽嗎？」

可以替換成「the following Saturday」，意思是「接下來的星期六」

It's on this Saturday.

就是這個星期六啊。

這句話很好用喔！媽媽可以時常和孩子對話，例如「When is your piano examination?」，意思是「你的鋼琴檢定是什麼時候？」，孩子就可以回答媽媽「It's on this weekend.」，意思是「就是這個週末啊！」

Phrase&Idiom 片語格言輕鬆說

to take place 舉行

　　take place 的主詞一定要用事物，例如說「When does the ceremony take place?」，意思是「典禮何時舉行？」另外，「舉行」也可以用「be held」來表示，例如剛剛的句子也可以換句話說「When will the ceremony be held?」。

Vocabulary 活學活用

★ birthday [`bɝθ͵de] 名 生日

★ center [`sɛntɚ] 名 中心

★ competition [͵kɑmpə`tɪʃən] 名 競賽；比賽

★ following [`fɑləwɪŋ] 形 接著的，其次的

★ game [gem] 名 遊戲，比賽

★ kind [kaɪnd] 名 種類

★ match [mætʃ] 名 比賽

★ Olympic [o`lɪmpɪk] 名 奧林匹克

★ playground [`ple͵graʊnd] 名
（兒童的）遊樂場；（學校的）操場

★ School Sports Day 片 運動會

★ sports [spɔrts] 形 運動的

★ sports field 片 運動場

★ stadium [`stediəm] 名 體育館

ALL FOR ONE, ONE FOR ALL,
我為人人，人人為我。

Act 3
飲食用餐

· ·

SCENE 15 餐前準備

SCENE 16 用餐時

SCENE 17 外出用餐

SCENE 18 零食、點心

SCENE 19 露營

SCENE 20 野餐

好餓！
I can eat
a horse!

餐前準備
Wash your hands before dinner.
晚餐前先洗手。

Q一下馬上聽

15.mp3

...before dinner. （晚餐前先…）

　　培養孩子的衛生習慣很重要喔！所以要叮嚀孩子在吃東西前一定要記得先去洗手喔。可以用「Wash your hands before you eat.」這句話來表示「吃東西前先洗手」。

　　此外，孩子通常還不懂得光線對保護眼睛的重要性！這時候爸媽也可以用 before 叮嚀孩子「Turn on the light before you read a book.」，意思是「看書之前先把電燈打開」。

　　所以這一章節所提到的句型就很好記啦！只要將兩個動作分別放在 before 前後的兩個句子中，就可以完成一個帶有「在…前要先…」的句子。「before」的意思就是「在…之前」。

Go brush your teeth **before** you **wash** your face. 先刷牙再洗臉！

Conversation 英語對話親體驗

Mom, what's for (dinner) tonight?

「晚餐」的意思，而「breakfast」是早餐，「lunch」是午餐

媽，今天晚上吃什麼？

★ tonight 是指「今天晚上」，「今天」則是 today。

「be 動詞 + 動詞-ing」是現在進行式喔

We' (re having) beef curry and rice today.

今天吃牛肉咖哩飯。

★ beef 是「牛肉」，pork 是「豬肉」，「雞肉」則是「chicken」。

When will it be ready?

在這裡是形容詞「準備好的」，所以前面要加上 be 動詞

When will it be (ready)?

還要多久才準備好？

「in about + 時間長度」是「大約再多久」的意思

(In about) ten more minutes. Help me set the table first, will you?

再大約十分鐘吧。可以先幫我擺好餐具嗎？

★ about「大約」的意思，另外 around 也解釋為「大約，將近」的意思。

這句話也可以這麼說「I'd be happy to.」

I'm happy to do it.

我樂意之至呢。

Plus plus 也可以這樣說

附加問句的用法，用於句尾，
相當於中文的「可以嗎？」

Help me **set the table** first, will you ?

可以先幫我擺好餐具嗎？

媽媽，
煮飯時可以這
樣要求小朋友
幫忙！

　　如果用正式較有禮貌的說法則是「Would you help me set the table?」，意思是「你能幫我先把餐具準備好嗎？」。以「Would you ~」作為開頭的句子比「Can you ~」來得更正式有禮貌。

What's for dinner **tonight**?

今天晚上吃什麼？

　　這個句子有很多的問法，如「What do you cook for dinner?」或是「What would you like to make for dinner?」，意思是「你晚餐想煮什麼呢？」，後者那一句為較正式的問法。或是簡單的問「What's for dinner?」，指「晚餐是什麼？」。

在這裡可以替換成「how soon」，用來詢問「還要多久」

When will it **be ready**?

還要多久才準備好？

小朋友，
肚子餓的時候
就這麼問！

　　這句話也可以這麼問「How soon can you get it ready?」或是「How soon will it be done?」，意思是「要多久才可以準備好」，「要多久才可以完成」。

「be happy to~」是樂意去做某件事的意思

I'm **happy to do** it.

我樂意之至呢。

　　一般我們常聽到的句子如「It's my pleasure.」，意思是「那是我的榮幸。」當孩子有需要請媽媽幫忙並這麼說的話，媽媽一定會感到相當驚訝！什麼時候我的孩子變得這麼懂事了！

Phrase&Idiom 片語格言輕鬆說

Set the table. 擺碗筷。

　　「set the table」是指將桌上的刀、叉、杯子等餐具排好以準備吃飯的意思。所以媽媽在煮晚餐的時候，要請小朋友幫忙排餐具，可以這麼說「Would you help me set the table?」，意思是「你能幫我先把餐具準備好嗎？」小朋友偶而也要幫媽媽做家事，做一個懂事的小孩喔！

Vocabulary 活學活用

★ about [ə`baʊt] 副 大約（在…時候）

★ around [ə`raʊnd] 副 大約

★ beef [bif] 名 牛肉

★ before [bɪ`for] 介 在…之前

★ chicken [`tʃɪkɪn] 名 雞肉

★ curry [`kɝɪ] 名 咖哩

★ help [hɛlp] 動 幫助

★ lamb [læm] 名 羊肉

★ minute [`mɪnɪt] 名 分鐘

★ pork [pɔrk] 名 豬肉

★ read [rid] 動 讀；閱讀

★ rice [raɪs] 名 飯；米

★ set [sɛt] 動 放，置

★ table [`tebl̩] 名 桌子；餐桌

★ tonight [tə`naɪt] 副 今晚

用餐時
It's yummy.
這很好吃。

　　媽媽煮了一桌好吃的菜，肯定有孩子喜歡吃和不喜歡吃的。好吃的東西用英文怎麼說呢？「It's tasty」意思就是「這味道嚐起來很好！」。

　　那麼如果是不好吃的菜該怎麼說呢？例如「It's tasteless.」，意思是「這個沒有味道。」或者是「It's not good to eat.」表示「這個不好吃」。有很多的孩子一定不喜歡吃青椒或是茄子等味道較重的蔬菜，媽媽可以試著鼓勵孩子說「It makes you become pretty and handsome.」，意思是「吃這個會讓你漂亮，更帥哦！」或者「Try a little bit.」，鼓勵孩子「嚐一點吧！」。

It's **tasty**. 這味道嚐起來很好！
It's **delicious**. 這很美味。
It's **not good to eat**. 這個不好吃。
Yuck! They **smell**. 啐！味道很難聞。

我又不是小白兔。

It makes you become pretty!

Conversation 英語對話親體驗

如果真的不喜歡，可以用
「hate」，是「討厭」的意思

Dad, I don't like it.

爸，我不喜歡這個。

★ like 意思是「喜歡」。也可以用 love「愛」來替代。

「be good for」是「有益於」
「適於」的意思

Don't be so picky. It 's good for your body.

不可以挑食，這個對妳的身體很好。

★ picky 是指「挑剔」的意思喔。

換成「hungry」意思是「我餓了」，
另外如「I'm full」表示「我飽了」

I'm thirsty. I want some water.

我口渴想要喝水。

★ thirsty 是「口渴」，另外還有 hungry「餓」這個單字可以學喔。

意思是「拿一點」。在這裡則可以解
釋為「吃一些」「喝一些」的意思

Mmm~The soup tastes great! Take some.

湯的味道很棒！喝一點。

★ soup 是「湯」，dish 可以做「盤子」也可以
是「菜餚」的意思喔。

Dad, I'm full.

爸，我吃飽了。

★ full「充滿」、「飽滿」的意思。

還記得嗎？「you should~」
是「你應該～」的意思

Honey, you should finish your food.

親愛的，妳應該把東西吃完。

I am full !

外婆
在肚子裡面！

外婆，
妳變胖了！

Plus plus 也可以這樣說

Don't be **so** picky.

picky 用在一般情況，就是「吹毛求疵」的意思

不可以挑食。

哎呀，小朋友又挑食了，爸爸媽媽可以這麼說！

　　爸媽要特別注意自己的孩子有沒有營養均衡，多吃蔬果喔！有時候孩子喜歡邊吃邊做其他事情，於是吃飯花了很長很長的時間還沒吃完呢！這時候爸媽可以說「Don't talk with your mouth full.」，意思是「吃東西的時候不要講話」。

It's **good for** your body.

這個對妳的身體很好。

　　也可以說「It's good for you to eat.」，意思是「吃這個對你很好」，或者說「It's good to take some.」表示「吃一點對你很好喔」。一定要讓孩子從小就知道多吃蔬果的重要性喔！

You should finish your food.

finish 如果後面接動詞，後面的動詞就要加上 ing 喔

妳應該把東西吃完。

小朋友，你還可以這樣說明對食物的喜好！

　　對於孩子吃不完的食物，爸媽有時候可以視情況來減少孩子的食物量喔！這句話也可以這麼說「Finish up your plate.」，意思是「把盤子裡的菜吃完」。

I don't like it.

我不喜歡這個。

　　相反的，可以說「I like it.」，意思是「我喜歡這個。」媽媽一定希望自己煮的食物都是孩子愛吃的。喜歡吃什麼也可以這麼說，「It's my favorite.」表示「這是我的最愛。」意思是某一樣食物是孩子的最愛，如果媽媽聽到孩子說「All my favorites. 都是我最愛吃的。」一定很開心呢！

Phrase&Idiom 片語格言輕鬆說

I can eat a horse. 我餓到可以吃下一匹馬。

　　肚子很餓的時候，我們有時候會說「我餓到可以吃下一頭牛了！」，中文裡常常用「牛」來形容食量；但是在英文裡，形容食量可都是以「馬」做比喻喔！例如「I am so hungry, I could eat a horse.」，意思就是「我很餓，我餓得可以吃下一匹馬了！」另外，「食量大如牛」可以說「eat like a horse」，很有趣吧！

好餓！
I can eat a horse！

Vocabulary 活學活用

★ delicious [dɪ`lɪʃəs] 形 美味的；香噴噴的

★ dish [dɪʃ] 名 一盤菜；菜餚

★ full [fʊl] 形 滿的，充滿的；吃飽的

★ handsome [`hænsəm] 形 英俊的

★ like [laɪk] 動 喜歡

★ picky [`pɪkɪ] 形 挑剔的

★ pretty [`prɪtɪ] 形 漂亮的，優美的

★ smell [smɛl] 動 嗅，聞；有臭味，有味道

★ soup [sup] 名 湯

★ tasteless [`testlɪs] 形 沒味道的，味道差的

★ tasty [`testɪ] 形 可口的

★ thirsty [`θɝstɪ] 形 口乾的，渴的

★ water [`wɔtɚ] 名 水

★ yummy [`jʌmɪ] 形 好吃的；美味的

SCENE 17 外出用餐
Let's eat out.
我們去外面吃吧！

Q一下馬上聽

17.mp3

Let's...（我們…吧！）

　　說到帶小朋友外出用餐，每個孩子一定都是舉雙手贊成！多希望每天可以吃外面的 McDonald「麥當勞」或是 KFC「肯德基」。**Eat out** 是指「去外面吃飯、去餐廳吃飯」的意思，「Let's eat out.」的意思就是「來去餐廳吃飯吧！」。

　　「**Let's ~**」這個句型相當好用喔！可以適用在任何附和贊成的情況之下。舉例來說「Let's go party.」，意思是「我們來開派對吧！」。或者是「Let's do the homework.」，意思是說「我們來做功課吧！」。這個附和的情況可能就不是孩子喜歡的了！

必備句型
Let's + VR（原形動詞）...

Let's eat out. 我們去外面吃吧！

Let's play the ball. 我們來玩球吧！

Let's go to the school. 我們去學校吧！

Let's go to the steak house. 我們去牛排館吧！

Conversation 英語對話親體驗

「出去吃」的意思，「外帶」則是
「Take out.」或者是「Take away.」

Honey, do you want to eat out?

親愛的，要不要出去吃？

★ eat out 是一句片語，指「在外面吃飯」的意思。

「hurray」是加油歡呼聲

Hurray! I want to.

好棒喔！我要我要。

★ hurray 表示歡喜、贊成的意思，意思是「好啊！」

更有禮貌的說法可以換成「would like」

What do you want to eat?

妳想吃什麼？

★ 如果直接說「What do you want?」，意思
是「你要什麼？」是很不禮貌的用法喔！

也可以用「what about」
來詢問「那麼～如何呢？」

How about Korean barbecue?

韓國烤肉如何呢？

★ barbecue 是指「烤肉」的意思，一般
縮寫成 BBQ。

可以替換成「good」、
「nice」，意思都一樣

Sounds great!

好啊！

★ 這句話的意思是說「聽起來很棒啊！」，有贊成、同意的涵義。

Do you want to eat out?

你對到上一期號碼了。

爸爸，帶小朋友出去吃飯時可以這麼問！

Do you want to **eat out**?

> 相反詞是「eat in」，就是「在家裡吃」的意思

要不要出去吃？

這句話也可以這麼說「Let's eat out.」，或是「How about eating out?」皆表示「要不要出去吃？」。通常爸媽這麼問的時候，孩子一定是興奮的問那要吃什麼？「What are we going to eat?」，或是問要去哪裡吃？「Where are we going to eat out?」。

> 可以替換成「drink」，「你想喝點什麼」的意思

What do you **want to** eat?

你想吃什麼？

也可以說「What would you like to eat? 你想吃什麼呢？」。當一個句子裡有著「would you ~」時，表示這個句子是相當的有禮貌喔！當然對爸爸媽媽說話就不用那麼客氣了。

小朋友，還有這些說法喔！

Hurray! I want to.

好棒喔！我要我要。

常常在電影情節裡，美國人都是這麼為參賽者加油的，「Three cheers for the winner: hip, hip, hurray!」，意思是「讓我們為冠軍歡呼三聲：加油，加油，加油！」

> 原來的句子是「It sounds great!」。口語上可以省略主詞「it」

Sounds great!

好啊！（聽起來很棒啊！）

這句話的意思是說「聽起來很棒啊！」，表示贊同、同意的附和詞。我們也可以說「That's an idea.」，意思是「真是個點子！」或者說「It's a good idea.」，意思是「這是個好主意呢」！

Phrase&Idiom 片語格言輕鬆說

All you can eat 吃到飽

　　在國外的餐廳，有許多會在外面招牌寫上「All you can eat」，這是表示這間餐廳是可以吃到飽的餐廳！另外「吃到飽」也可以用「buffet」來表示，「buffet」也是「自助式餐點」的意思哦！「They had a buffet for lunch.」，意思是「他們中午吃自助式餐點」。

Vocabulary 活學活用

★ barbecue [`bɑrbɪkju] 名

　烤肉；吃烤肉的野宴

★ behave [bɪ`hev] 動 表現，行為舉止

★ cheers [tʃɪrz] 名 歡呼，喝采

★ eat out 片 在外面用餐

★ hamburger [`hæmbɝgɚ] 名 漢堡

★ house [haʊs] 名 房子，住宅

★ idea [aɪ`diə] 名 主意，計畫

★ party [`pɑrtɪ] 名 聚會，派對

★ pizza [`pitsə] 名 披薩

★ quietly [`kwaɪətlɪ] 副 輕聲地，安靜地

★ restaurant [`rɛstərənt] 名 餐館，餐廳

★ sound [saʊnd] 動 聽起來

★ steak [stek] 名 牛排

★ take away 片 帶走；外帶

★ winner [`wɪnɚ] 名 獲勝者

零食、點心
Do you want some dessert? 你想吃些甜點嗎？

Do you want some...?（你想吃些…嗎？）

外國人相當喜歡享受甜點的品嘗時刻，在一天之中可以有 morning tea「早茶」，afternoon tea「午茶」，以及正餐後還有 dessert「點心」可以品嘗。在國外的媽媽通常會幫孩子帶好一份 lunch box「午餐盒」之外，另外還會幫孩子準備一份可以在 morning tea 的時刻可以吃的點心，這些點心統稱「snacks」。

「Do you want some ~ ?」意思是「你想要些 ~ 嗎？」，例如說「Do you want some coffee?」你想要來點咖啡嗎？如果想要喝咖啡可以說「Can I have some coffee?」，意思是「我可以喝點咖啡嗎？」。

Do you want something to eat? 你想吃點東西嗎？
Do you want some dessert? 你想要吃些甜點嗎？
Would you like to have some dessert? 你想吃些點心嗎？

Coffee, tea, or me?

Conversation 英語對話親體驗

これ都是我的「dessert」！

「洗手」的意思，所以把「hands」改成「face」、「hair」就是「洗臉」和「洗頭」的意思

Peter, wash your hands first, and then have some dessert.

彼得，先去洗手，然後去吃點甜點。

★ dessert 是「甜點」，另外 snack 則表示「零食」的意思。

have 可以當作「吃」的意思

Mom, can I have some ice cream?

媽，我可以吃冰淇淋嗎？

★ Can I have some~ 意思是「我可以要些~嗎？」。

「ice cream 冰淇淋」是不可數名詞，所以前面用 much

Not today, honey. Don't eat too much ice cream.

親愛的，今天不可以喔。不要吃太多冰淇淋。

★ ice cream 是「冰淇淋」。ice 是「冰」的意思，像是 ice cube「冰塊」，ice bucket「存放飲料的冰桶」，iced coffee「冰咖啡」等等。

「再一個」的意思，後面加上名詞

Mom, can I have one more piece of cake?

媽，我可以再吃一塊蛋糕嗎？

★ piece 是指「一片，一塊，一張」等等的意思，比如 a piece of paper 就是「一張紙」。

「the last」表示最後的（人或東西）

OK. The last piece is for your dessert. We're having dinner soon.

好，這是最後一塊點心囉。我們等下就吃晚餐了。

★ soon 是指「不久，很快地」的意思。

媽媽，
妳可以這麼
叮嚀小朋友！

Wash your hands (first,) and then have some dessert.
先去洗手，然後去吃點甜點。

中文裡的「先」是放在最前面，英文的「先」也就是 first，是放在最後面喔

在正式的西餐共分四種分別上菜，有「appetizer」前菜；「soup」湯；再來則是「main dish」主菜；以及最後一道「dessert」點心，好一點的餐廳還會附贈「drinks」飲料喔！

後面接不可數名詞用「much」，
接可數名詞用「many」

Don't eat **too** (much) ice cream.
不要吃太多冰淇淋。

假如句子是這麼說的「Don't eat too many ice cream cones.」，意思是「別吃太多蛋捲冰淇淋」。「cone」是指盛裝冰淇淋的「錐形蛋捲筒」，句子裡的 cones 因為是可以用「一個、兩個、三個…」來數出有多少個蛋捲筒盛的冰淇淋，所以前面用「many」來修飾。

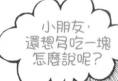

小朋友，
還想多吃一塊
怎麼說呢？

詢問對方「要不要吃～」，用「Would you like to have~」

Can I have some ice cream?
我可以吃冰淇淋嗎？

「Can I have one more ~?」，意思是「我可以多要一（塊）~嗎？」，例如「Can I have one more piece of cake?」，意思是「我可以再吃一塊蛋糕嗎？」。

「for」是個很常用的介系詞，在這裡有「作為」的意思

The last piece is (for) your dessert.
這是最後一塊點心囉。

換句話，也可以這麼說「It's the last dish of all.」，意思是「這是全部的最後一道菜」。有時候我們趕不上回家的公車也可以這麼說「It's the last bus to get home.」，表示「這是回家的最後一班公車」。

114

piece of cake 易如反掌

　　這句子若是直接翻譯則是表示「一塊蛋糕」，用來比喻一件事很容易達成，就像是吃一塊蛋糕那樣簡單，也就是易如反掌的意思囉！像是如果媽媽問「How was your test?」表示「考試考得如何？」，孩子就可以說「It was a piece of cake.」，意思是「易如反掌（簡單得很）」！

It's a piece of cake for me to bake a cake.
烤蛋糕對我來說簡直易如反掌。

Vocabulary 活學活用

★ appetizer [`æpə͵taɪzɚ] 名
　開胃的食物；開胃小吃

★ cake [kek] 名 蛋糕

★ chance [tʃæns] 名 機會

★ cone [kon] 名
　（盛冰淇淋的）錐形蛋捲筒；圓錐形

★ dessert [dɪ`zɝt] 名 甜點，餐後甜點心

★ drink [drɪŋk] 名 飲料

★ ice bucket 片 冰桶

★ ice cream 片 冰淇淋

★ ice cube 片 冰塊

★ iced coffee 片 冰咖啡

★ lunch box 片 午餐盒

★ morning tea 片 早茶（早上的點心時間）

★ piece [pis] 名 一張；一片；一塊

★ salad [`sæləd] 名 沙拉

露營
Be careful with the stove!
要小心火爐唷！

Q一下馬上聽

19.mp3

Be careful with... (做…要小心)

　　大家是否都有過露營的經驗呢？當你出去露營時，你會做哪些活動呢？在進行露營活動時，有些要注意的地方，這時可以使用像是「用火爐、瓦斯爐要小心喔！」等表達。那麼，「用火爐、瓦斯爐要小心喔」英文要怎麼說呢？那就是「Be careful with the stove!」。

> **Be careful with** the fire. 有火，要小心。
> **Be careful with** the candle. 請小心火燭。
> **Pay attention to** the weather. 要注意天氣。
> **Pay attention to** the stove. 要注意火爐。

　　除此之外，露營時需要做的事情還包括「搭帳篷」。還記得大家當時是怎麼把帳篷搭建起來的呢？當時的心情是如何呢？「搭帳篷」的英文就是「set up a tent」，準備跟爸爸媽媽一起搭帳篷的時候，可以說「Let's set up a tent.」。

Conversation 英語對話親體驗

It's time 後面接「不定詞 to + 原形動詞」

Jenny, it's time to cook dinner.
珍妮，煮晚餐的時間到了。

★ time 是「時間」的意思，it's time to 表示「做…事情的時間到了」。

should 是助動詞，表示「應該」

OK! Cooking dinner should be fun.
好的！煮晚餐應該會很有趣。

We should set up a campfire first.
我們應該要先升營火。

★ set up 是「建立；設置」的意思，視後面所接名詞而定。

Let 後面的動詞用原形動詞喔，請注意

Let me help you.
我來幫你。

★ let 是「讓」的意思。

是指「要小心…」，with 後面接要小心的人事物

Be careful with the stove!
要小心火爐喔！

Thank you, Dad.
謝謝爸爸。

We should set up a campfire first.

表示「要小心⋯」祈使句句型

Be careful with the stove!

要小心火爐喔！

爸爸，
可以這麼叮嚀
小朋友！

　　除了「stove」之外，Be careful with 後面還可以替換成其他名詞，此句型主要是用來表示「要小心／注意某事物」。如：「Be careful with the lighter. 用打火機要小心」。當小朋友要使用打火機點蠟燭之類的，媽媽就可以說：「Be careful with the lighter when you use it. 當你使用打火機時，請小心。」

表示「建議」的助動詞，後面接原形動詞

We **should** set up a campfire first.

我們應該要先升營火。

　　當爸爸媽媽想要孩子做某事情時，可以多多使用「建議」或「邀約孩子一起」相關的表達。比起「You must set up a campfire.」這樣語氣強烈的表達，可以改用 We should...（我們應該）或是 I suggest that...（我建議）或是 Let's set up a campfire first.（我們先來升營火吧）、Shall we set up a campfire first?（我們要不要先來升營火呢）這些邀約孩子一起做的表達。

小朋友也可以
這樣問

Let me help you.

讓我來幫你。

　　此外，我們也可以說「How can I help you?」或「What can I do for you?」，都表示著「我能為你做什麼呢？」的意思。

Cooking dinner should be fun.

煮晚餐應該會很有趣。

　　「... should be fun.」是用來表達「做⋯事情應該會很有趣」的推測句型。但如果想詢問露營是否有趣，就可以說「Is camping fun?」。

Phrase&Idiom 片語格言輕鬆說

You set me up. 你陷害我。

　　這句話字面上的意思是「你設置我」，形容某人被其他人建構或設置，而無法脫身，除了有「**陷害**」的意思，還有「**出賣**」之意。所以換句話說，我們可以說「She was set up.」意思是「她被陷害了。」

　　「set」這個動詞除了「設定」之外，也可以用來表示「**安排或制定**」。例如說「He has set up a task.」意思是「他已經制定了任務。」

Vocabulary 活學活用

★ camp [kæmp] 動 露營

★ stove [stov] 名 火爐、爐子

★ campfire [`kæmp,faɪr] 名 營火

★ should [ʃʊd] 助 應該

★ cook [kʊk] 動 煮

★ set [sɛt] 動 建立

★ let [lɛt] 動 讓

★ careful [`kɛrfəl] 形 仔細的；小心的

★ tent [tɛnt] 名 帳篷

★ first [fɝst] 副 先

★ fun [fʌn] 形 有趣的

★ dinner [`dɪnɚ] 名 晚餐

★ help [hɛlp] 動 幫助

camp 露營單字怎麼說

露營的帳篷以及其他必須攜帶的用具，例如餐具、烹煮用具、罐頭食物、蔬菜或肉類、零食類及飲料之外，還要攜帶防蚊工具（如防蚊液，蚊香等等）。而露營烹煮用具又有哪些呢？有烤肉用具、鍋子、瓦斯爐等等，有了這些工具就能方便烹調食物，讓露營這件事變得方便容易。

❶ sleeping bag 睡袋

❷ backpack 背包

❸ map 地圖

❹ flashlight 手電筒

❺ repellent 驅蟲劑

❻ rope 繩子

❼ firewood 木材

❽ equipment 設備

❾ lighter 打火機

❿ camp lantern 露營燈

⓫ insect 昆蟲

⓬ recreational vehicle 露營車

⓭ tent 帳篷

⓮ deckchair 摺疊躺椅

⓯ water bottle 水壺

⓰ barbecue grill 烤肉架

⓱ axe 斧頭

露營時會做哪些動作：

★ encamp 紮營
★ chop firewood 劈柴
★ set up a campfire 生營火
★ set up a tent 搭帳棚
★ roast meat 烤肉

野餐

Shall we spread out the picnic blanket? 我們來把野餐墊攤開吧！

Q一下馬上聽

20.mp3

Shall we... (我們來…)

　　大家是否都有野餐的相關經驗呢？野餐的英文是「go on a picnic」，想要邀約孩子「一起去野餐」時，英文可以說「Shall we go on a picnic?」；想要邀孩子「一起準備野餐的食物」時，英文可以說「Shall we prepare some food for the picnic?」。到了野餐現場，要請孩子把野餐墊攤開時，則可以說「Shall we spread out the picnic blanket?」。Shall we... 是邀某人一起做某事很好用的表達。

　　至於這裡的動詞 spread 是「張開；展開」的意思，可以用在「把手張開」，也可以用在「分布、蔓延」等的情況。

Spread out the wings. 張開翅膀。
Spread over the sky. 覆蓋整個天空。

Conversation 英語對話親體驗

sunny 是形容詞，表示「艷陽高照的」

It's (sunny) today. Shall we go on a picnic?

今天是晴天，我們去野餐吧。

★ go on 是「進行；繼續」的意思。

great 是形容詞喔，形容「很棒的」

Sounds (great.)

聽起來很棒。

Yay! Let's go on a picnic at the park.

太棒了！我們去公園野餐吧。

★Let's 是邀約大家一起做某事的句型。

We should prepare some food for the picnic first.

但我們冰箱是空的…

prepare 是「準備」的意思

But before that, we should (prepare) some food for the picnic first.

不過在那之前，我們得先準備野餐的食物。

★before that 在這裡的意思是「在那件事之前」，也就是指前往去野餐那件事之前。

(Remember to) bring sandwiches to the picnic.

記得帶些三明治去野餐。 ── 表示「記得去做～」的命令式表達

（**At the park.** 在公園。）

表示「攤開」時，介系詞搭配 out 來使用

Shall we spread (out) the picnic blanket?

我們來把野餐墊攤開吧！

★ shall 是助動詞，表示「將、會」的意思，後面接原形動詞。

Good idea.

好主意。

爸爸媽媽，可以這樣邀孩子一起參與活動喔！

Shall we go on a picnic?
我們要不要一起去野餐呢？

　　這句話也可以這麼說「Let's go on a picnic.」，或是「How about going on a picnic?」表示「我們去野餐吧」「要不要去野餐？」。因此想要提出建議，邀孩子一起參與某件事，可以用以上的句子來對孩子說。

remember to 後面加上記得要做的事情

Remember to bring sandwiches to the picnic.
記得帶些三明治去野餐。

　　這是一句叮嚀別人「記得要做…」的表達，當爸爸媽媽要「提醒」孩子做某事情時，可以使用「Remember to ...」的句型。另外，句中的 sandwiches 也可以換成其他食物，像是我們也可以說：「Remember to bring hamburgers to the picnic.」。

小朋友也可以這樣回應！

should 後面加原形動詞

We should prepare some food for the picnic first.
我們得先準備野餐的食物。

　　當對方提出了建議之後，若自己想要提醒關於這個建議的作法或步驟時，我們可以用 We should... first 這個句型，以表示第一個步驟該做什麼。

這裡的 Sounds 省略了主詞 it，it 代稱對方提出的建議

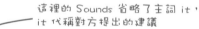

Sounds great.
聽起來很棒。

　　這句話是用來認同對方的表達，是從 It sounds great.省略主詞 It 而來的用法，只要是覺得對方提出的建議不錯、自己也認同，那麼 Sounds 後面就可以放一些正面意義的形容詞，如 great、good、wonderful、perfect 等等。與這句語意差不多的是 Good idea.（好主意）。

Phrase&Idiom 片語格言輕鬆說

Meet halfway. 妥協；遷就。

　　Meet halfway. 字面上看起來是「和某人在半路相逢或碰面」的意思，但這句話隱藏的涵義是「妥協」、「退一步」，我們可以說「Could you meet me halfway?」，意思是「您可否退讓一步？」；「Why don't we meet each other halfway?」，意思是「我們何不各退讓一步？」。

　　另外，「meet」除了表示碰面之外，也可以用來表示「遭遇；經歷到」。例如「He meets danger on his way home.」，意思是「他在回家途中遇到危險。」

Vocabulary 活學活用

★ weather [`wɛðɚ] 名 天氣

★ today [tə`de] 副 今天

★ sunny [`sʌnɪ] 形 晴天的；艷陽高照的

★ picnic [`pɪknɪk] 名 野餐

★ sound [saʊnd] 動 聽起來

★ great [gret] 形 很棒的

★ remember [rɪ`mɛmbɚ] 動 記得

★ park [pɑrk] 名 公園

★ shall [ʃæl] 助 應該；會

★ spread [sprɛd] 動 攤開，延伸

★ blanket [`blæŋkɪt] 名 墊子

★ idea [aɪ`diə] 名 主意

★ prepare [prɪ`pɛr] 動 準備

★ sandwich [`sændwɪtʃ] 名 三明治

Food 食物單字怎麼說

小朋友，我們要跟著媽媽一起去超級市場買菜囉！
Let's go shopping!

vegetables 蔬菜

1. cauliflower 花椰菜
2. leek 韭菜
3. mushroom 蘑菇
4. cucumber 小黃瓜
5. celery 芹菜
6. bamboo sprouts 竹筍
7. pumpkin 南瓜
8. beans 豆莢
9. potatoes 馬鈴薯
10. spinach 菠菜
11. cabbage 包心菜
12. onion 洋蔥
13. tomato 番茄
14. peas 豌豆
15. lettuce 萵苣
16. eggplant 茄子
17. spring onion 蔥
18. ginger 薑
19. garlic 蒜
20. radish 白蘿蔔

除了蔬菜，也來逛逛水果、肉類、還有雜貨吧！

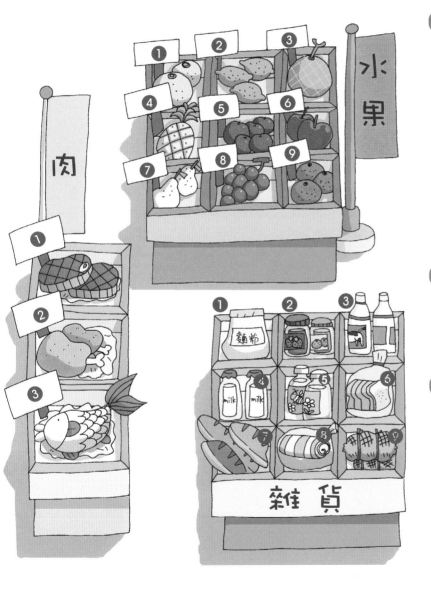

fruits 水果

1. grapefruit 葡萄柚
2. lemon 檸檬
3. melon 哈密瓜
4. pineapple 鳳梨
5. plum 李子
6. apple 蘋果
7. pear 梨子
8. grape 葡萄
9. orange 橘子

meat 肉

1. beef 牛肉
2. chicken 雞肉
3. fish 魚

grocery 雜貨

1. flour 麵粉
2. jam 果醬
3. yogurt 優酪乳
4. milk 牛奶
5. honey 蜂蜜
6. toast 吐司
7. bread 麵包
8. roll 麵包捲
9. ham 火腿

吃飯享受美食可是人間一大樂事喔！爸爸媽媽知道外國人都吃些什麼和我們不一樣的東西嗎？外國人吃的東西又怎麼說呢？不管是在家吃，還是在外面吃，我們快點來了解一下到底外國人和我們吃的東西有什麼不同呢？

東方人吃的食物：

我愛吃米飯！

congee
粥

rice
米飯

chicken soup
雞湯

vegetable
蔬菜

teapot
茶壺

egg
蛋

tea
茶

salt
鹽巴

fried rice
炒飯

sesame oil
芝麻油

steamed fish
蒸魚

soy sauce
醬油

西方人吃的食物：

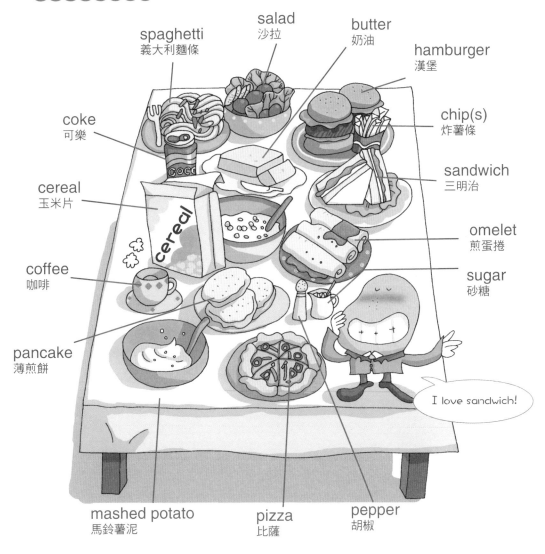

spaghetti
義大利麵條

salad
沙拉

butter
奶油

hamburger
漢堡

coke
可樂

chip(s)
炸薯條

cereal
玉米片

sandwich
三明治

coffee
咖啡

omelet
煎蛋捲

sugar
砂糖

pancake
薄煎餅

I love sandwich!

mashed potato
馬鈴薯泥

pizza
比薩

pepper
胡椒

吃的東西有酸的、甜的、苦的、辣的！用英文該怎麼說呢？

This orange is **sour**.
這橘子是酸的。

The cake is **sweet**.
這蛋糕是甜的。

The medicine is **bitter**.
這藥有苦味。

The onion is **spicy**.
洋蔥是辣的。

The ice cream is **cold**.
冰淇淋很冰。

The chicken soup is too **hot**.
雞湯太燙了。

Act 4
做功課

SCENE 21 今天的功課

SCENE 22 數學作業

SCENE 23 英文作業

SCENE 24 考試、成績

SCENE 25 美術作業

SCENE 26 寫英文句子

Do I have to memorize it?

No pain, no gain.

今天的功課
You have to memorize it.
你要把這個背起來。

You have to... (你必須…)

「memorize」是指「記住」、「背熟」的意思，類似字「remember」則只有「記得」的含意。

「You have to ~」，意思是指「你必須要~」，舉例來說「You have to write it down.」，意思是「你必須要把它寫下來。」或者說「You have to hand it in.」，意思是「你必須要把它交出來」。「hand in」是指「交出」的意思，像是在學校裡老師要求學生將作業交出來，就可以說「Hand in your homework.」。

You have to write it down. 你必須要把它寫下來。
You have to memorize it. 你要把這個背起來。
Do I have to memorize it? 我要把這個背起來嗎？

You have to hand it in.

我只是在搬家...

Conversation 英語對話親體驗

Open the book and turn to page 10.

把書打開翻到第十頁。

★ turn 是指「翻」的意思。

相反詞是「easy（容易的）」
或「simple（簡單的）」

It is difficult.

這很難。

★ difficult 是指「艱難的，困難的」的意思。另外 hard「難的」也可以替代。

Do I have to memorize it?

No pain, no gain.

No, honey, it's easy if you know the way.

「way」可以指「道路」、「方向」，但在這裡指「方法」

不，親愛的，如果知道方法就很簡單了。

★ easy 則是指「容易的」。

「必須」的意思

Do I have to memorize it?

我要把這個背起來嗎？

★ memorize 是指「記住，背熟」的意思。

No, honey, try to make notes in your notebook.

不，親愛的，試著在筆記本上面寫一些筆記吧。

★ note 表示「筆記」或是「註解」等意思，可以當名詞及動詞用。

Plus plus 也可以這樣說

爸爸，你可以這樣告訴小朋友！

「page + 數字」就可以代表頁數喔

Open the book and turn to (page 10.)

把書打開翻到第十頁。

這個句子表示著兩個動作，「Open the book. 打開書」以及「Turn to page 10. 翻到第十頁」。像是孩子不專心的時候媽媽也可以這麼說「Pay attention and listen to me.」，意思是說「專心聽我說」。

是「寫筆記」的意思

Try to (make notes) in your notebook.

試著在筆記本上面寫一些筆記吧。

照樣造句「Try to finish your homework by today.」，意思是「試著把你的回家作業在今天做完」。

It is difficult.

這很難。

換句話說「It is hard.」也是表示「這很難」。媽媽可以反問孩子「Is it difficult?」，意思是「這很難嗎？」試著鼓勵孩子「Try it yourself.」，要孩子「自己試試看」喔！孩子遇到不會寫的功課總是容易放棄灰心，媽媽可以給孩子建立一點信心如「Don't worry. I'll help you.」，意思是「別擔心，我會幫你」。

小朋友，功課遇到困難時可以這麼說！

= 「learn by heart」，是「記住、背熟」的意思

Do I have (to memorize) it?

我要把這個背起來嗎？

memorize 是指「記住，背熟」的意思，舉例如「You have to memorize it.」，意思是「你要把這個背起來」。另外如「remember」則是「記得」的意思，比如說「Do you remember her telephone number?」，意思是「你記得她的電話號碼嗎？」。

134

Phrase&Idiom 片語格言輕鬆說

learn by heart 默記

　　「by heart」這副詞片語通常前面會有「know」及「learn」兩個動詞，例如「We all have to learn Tang's poetry by heart.」，意思是指「我們必須在心裡默記唐詩」。另外，這句話我們也可以這麼說「He knows many of Tang's poems by heart.」，意思是「他會背很多唐詩」。

「learn by heart」！
只要用心，就學得會。

Vocabulary 活學活用

★ easy [`izɪ] 形 容易的

★ hand in 片 提出，繳出

★ listen [`lɪsn] 動 聽；留神聽

★ memorize [`mɛməˌraɪz] 動 記住；背熟

★ note [not] 名 筆記

★ notebook [`notˌbʊk] 名 筆記本

★ open [`opən] 動 打開

★ page [pedʒ] 名 （書等的）頁

★ pay attention 片 注意；關心

★ remember [rɪ`mɛmbɚ] 動 記得，想起

★ simple [`sɪmpl] 形 簡單的

★ try [traɪ] 動 嘗試

★ turn [tɝn] 動 翻；轉

★ write down 片 寫下，記錄

Praise 讚美單字怎麼說

爸爸媽媽有沒有常常誇獎自己的孩子做得很好，做得很棒呢？其實孩子是需要被鼓勵的哦！這樣他們才會有更多的信心和勇氣，可以在跌倒了之後馬上就能爬起來！所以，多多讚美自己的孩子吧！

How sweet of you!

You are so grown up.

我來洗碗！

我來收碗盤！

表達對孩子的愛和關心還可以這樣說！

I love you.
我愛你。
You are the best!
你是最棒的。
You are special!
你是最特別的。
You are my boy / girl!
你是我的好孩子。
Good boy. / Good girl.
好孩子。
You're such a good boy / girl.
你真是個好孩子。
You're being so good.
你做得很好！

孩子聽到爸爸媽媽的稱讚和鼓勵，可別害羞的什麼話都沒有對爸爸媽媽說喔！要記得跟爸爸媽媽說謝謝！「Thanks, mom.」或是「Thanks, dad.」，意思是「謝謝媽媽。」或是「謝謝爸爸。」

Perfect!
做得很完美！

激勵還可以這樣說！

Wonderful! 做得極好！
Terrific! 了不起！
Fantastic! 真是棒呆了！
Good job! / Well done!
做得好！
Nice! 不錯！（好的）
Very good! 非常好。
How smart! 多聰明啊！
You did it! 你做到了！
I knew you could do it.
我就知道你能做得到的。
I'm so proud of you.
我真為你感到驕傲。

安慰並且鼓勵孩子繼續加油哦！

安慰還可以這樣說！

That's all right. 沒有關係的。
You're on your way!
你已經成功一半了！
You did so much better!
你已經做得很好了。
I'm sure you can do well.
我相信你能做得更好的。
I believe in you.
我相信你做得到。
You can do better next time.
下一次你一定能做得更好。

You did your best.
你已經做得很棒了！

數學作業

I cannot solve this math problem.

我解不開這道數學習題。

I cannot solve... （我解不開…）

「solve」這個單字是指「解，解答（數學題）」的意思，例如「She tried to solve the problem.」表示「她試著去解開這個問題。」的意思。這句話也可以這麼說「I cannot **answer** this complex question.」意思是說「我回答不出來這個複雜的問題」。

「math」是「數學」口語的說法，正式拼法為「mathematics」。孩子上了國中，就會增加更多的其他科目如「English」英文，「history」歷史，「geography」地理，「science」科學，「physics」物理，「chemistry」化學等等。

讓孩子學好數學除了從小建立他的邏輯觀念之外，也讓他多練習題目喔！這句話就可以這麼說「You should practice more.」或者說「You should practice a lot.」，意思是指「你應該要多作練習」。

「和尚端湯上塔，塔滑湯灑湯燙塔。」唸一次。

You should practice more!

在這裡是動詞，「幫忙」的意思

Dad, can you (help) me?

爸，你可以幫我嗎？

You made a mistake. 也可以解釋為「你誤會了」的意思

Oh, honey, you (made a mistake.)

喔，親愛的，妳做錯了。

★ mistake 是指「錯誤，誤會」等意思。

好像有人在說話…

Can you help me, please?

I don't know how to do it.

我不知道要怎麼做。

O.K. Let's do it together.

好，我們一起做。

divided 是指「被分割的」的意思

16 (divided) by 2. What's the answer?

16 除以 2，答案是什麼？

16 divided by 2 equals 8.

16 除以 2 等於 8。

★ equal 是「等於」。

稱讚別人事情做得很好，就可以用「Good job.」

You got it. (Good job.)

你答對了。做得好。

注意！「錯誤」是可數名詞，所以要加上「a」

爸爸媽媽，多關心小朋友的學習狀況喔！

Oh, honey, you **made** ⓐ **mistake**.

喔，親愛的，妳做錯了。

那麼如果是做對了應該怎麼說呢？原來就是「You got it.」，意思就是「你答對了」。也可以教孩子這麼說「Do I do it right?」表示「我做對了嗎？」適時的給孩子鼓勵可以讓孩子做得更好喔！

Let's **do it together**.

我們一起做。

爸媽可以常常和孩子說「Let's do something together」增進親子之間的關係。數學作業寫完後，可以和孩子這麼說「Let's check it again.」，意思是「我們再檢查一次吧」！

小朋友，學習遇到困難時就這麼求救！

Can you help me?

你可以幫我嗎？

求救的時候也可以大聲的喊「Help!」，意思就是「救命啊！」或者需要幫忙的時候，也可以這麼說「I need help!」表示「我需要幫忙啊！」

「know」的三態變化 know - knew - known

I don't (know) how to do it.

我不知道要怎麼做。

遇到數學問題，有時候媽媽也是一個頭兩個大呢，這時候媽媽可能也會說「I don't know how to write it either.」意思是「我也不知道該怎麼寫呢」。

Phrase&Idiom 片語格言輕鬆說

Two and three equals five. 2 加 3 等於 5。

「Two plus three is five.」也是表示「2 加 3 是 5」。

另外還有其他數學的說法如：

2 plus 3 equals 5. / Add 2 to 3 is 5. 二加三等於五。

5 minus 3 equals 2. / Take 3 from 5 is 2. 五減三等於二。

3 times 5 is 15. / Multiply 3 by 5 equals 15. 三乘以五等於十五。

16 divided by 2 equals 8. / 2 into 16 is 8. 十六除以二等於八。

This is three fifths. 這是五分之三。

Vocabulary 活學活用

★ answer [`ænsɚ] 名 回答；答案

★ chemistry [`kɛmɪstrɪ] 名 化學

★ Chinese [`tʃaɪ`niz] 名 中文

★ complex [`kɑmplɛks] 形 複雜的；難懂的

★ geography [`dʒɪ`ɑgrəfɪ] 名 地理

★ history [`hɪstərɪ] 名 歷史

★ math [mæθ] 名 數學（mathematics 的縮寫）

★ mistake [mɪ`stek] 名 錯誤；誤會

★ physics [`fɪzɪks] 名 物理

★ practice [`præktɪs] 動 練習

★ problem [`prɑbləm] 名 問題；（數學）習題

★ question [`kwɛstʃən] 名
（要討論或考慮的）問題；難題

★ social science 名 社會

★ solve [sɑlv] 動 解；解答（數學題）

★ together [tə`gɛðɚ] 副 一起；總共

Numbers 數字單字怎麼說

小朋友，你會數數兒嗎？現在我們就來學英文的數字應該怎麼說吧！

 基數

one （一輛公車）	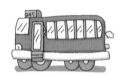
two （兩台汽車）	
three （三隻狗）	
four （四隻兔子）	
five （五張椅子）	

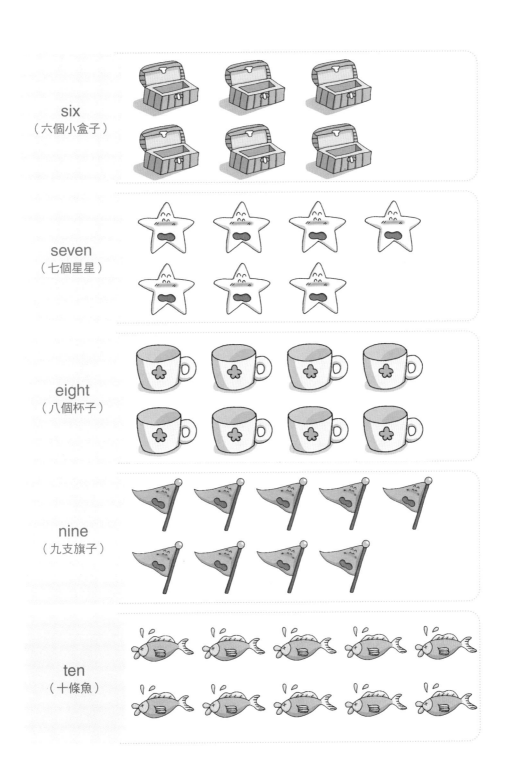

six
（六個小盒子）

seven
（七個星星）

eight
（八個杯子）

nine
（九支旗子）

ten
（十條魚）

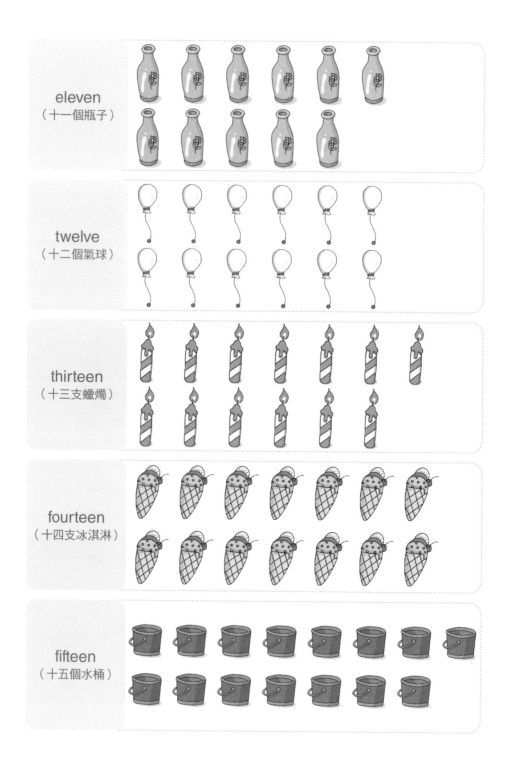

eleven
（十一個瓶子）

twelve
（十二個氣球）

thirteen
（十三支蠟燭）

fourteen
（十四支冰淇淋）

fifteen
（十五個水桶）

接下來小朋友就一定知道！「十六」就是「sixteen」

所以呢

十七 ➡ seven + teen = seventeen

十八 ➡ eight + teen = eighteen

十九 ➡ nine + teen = ninteen

不過「二十」就不太一樣囉！是「twenty」

接著就是　二十一 ➡ twenty + one = twenty-one
　　　　　　二十二 ➡ twenty + two = twenty-two

然後「三十」就是「thirty」。

「四十」就是「forty」。

「五十」就是「fifty」。

另外還有「hundred」表示「百」。
　　　　「thousand」表示「千」。

序數

　　序數通常用來表現在說明日子或者是第幾順位的意思，例如說幾月幾日的「幾日」就是用序數表示！還有像是「跑第幾名」、「考第幾名」等等的「第幾名」也是序數來表示。序數的意思就是「有順序排下來的號碼」喔！

序數這樣說！

第一的	first
第二的	second
第三的	third
第四的	fourth
第五的	fifth
第六的	sixth
第七的	seventh
第八的	eighth
第九的	ninth
第十的	tenth
第十一的	eleventh
第十二的	twelfth
第十三的	thirteenth
第十四的	fourteenth
第十五的	fifteenth

那麼，第二十的（第二十個）該怎麼說呢？是 **twentieth** 喔！

第二十一的（第二十一個）➡ twenty-first
第二十二的（第二十二個）➡ twenty-second

當然

第三十的（第三十個）➡ thirtieth
第四十的（第四十個）➡ **fortieth**
第五十的（第五十個）➡ fiftieth

序數也可以用來表現在幾分之幾…該怎麼使用呢？

五分之三　　➡　three fifths
四分之一　　➡　one fourth
十八分之六　➡　six eighteenths
二十分之四　➡　four twentieths

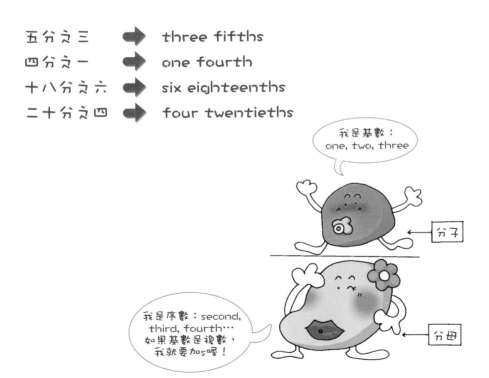

我是基數：
one, two, three

分子

我是序數：second,
third, fourth…
如果基數是複數，
我就要加s喔！

分母

英文作業

How do you say it in English?

這個用英文要怎麼說？

How do you say... (...要怎麼說)

媽媽可以讓孩子從小就學習生活周遭的英文單字，比如說看到杯子，就會告訴孩子這是「杯子」，並教他說「cup」，讓孩子知道兩種不同的說法哦！

How do you say this word? 這個字要怎麼唸？

How do you read this word? 這個字要怎麼讀？

How do you spell the word "dog"? 「dog」這個字要怎麼拼？

How do you write the word "dog"? 「dog」這個字要怎麼寫？

Conversation 英語對話親體驗

word是「字」的意思，
vocabulary則是指「字彙」

Dad, how do you say this word ?

爸，這個字要怎麼唸？

say it 表示「說出來」的意思，也就是「說這個字」

"Sword", say it "sword".

Sword，這個字唸 sword。

★ 求婚的時候旁人也會瞎起鬨的說「say yes!」
意思是「說願意！」。

mean 是「表示…的意思」的意思

What does this word mean?

這個字是什麼意思呢？

★ 我們常說「What do you mean?」，意思是說
「你表達的意思是什麼？」

「查字典」的動詞用「look up」

Look it up in the dictionary.

去查字典。

★ dictionary 是「字典」的意思，像孩子用的圖
解字典則說「picture dictionary」。

Look it up in the dictionary.

What does this word mean?

**Dad, can you just tell me what it means?
I'm too lazy.** ── 「too lazy」是指「太懶散」的意思

爸，你能不能告訴我那是什麼意思呢？我太懶了。

No, honey, go and read it. You'll learn.

不，親愛的，去查出來並且讀出來。妳才會學到。

Plus plus 也可以這樣說

爸爸媽媽要有耐心地教導小朋友喔！

"Sword", **say it** "sword".

Sword，這個字唸 sword。

爸媽要多鼓勵孩子大聲地說英文，「Say it loudly!」若是大聲的讀一本書則說「Read it aloud.」，意思是「大聲唸出來」，或者也可以說「Read it out!」「唸出來」的意思。

「唸」用「say」表示

How do you (say) this word?

這個字要<u>怎麼唸</u>？

這句話還可以這麼說，「How do you say it?」用代名詞 it 來代替「這個字」或者我們不知道怎麼拼一個字的時候，也可以問「How do you spell the word "dog"?」，意思是「"dog"這個字要怎麼拼呢？」。

小朋友，學習時遇到困難可以這麼說！

What does this word mean?

這個字是什麼<u>意思呢</u>？

當我們聽不清楚別人在說什麼的時候，我們也可以這麼問「What does she mean?」，意思是「她在說什麼？」或者「她想表達什麼意思？」。

我們也可以說「Can you just do it?」，意思是「你能不能只要做就對了？」

Dad, (can you just tell) me what it means? I'm too lazy.

爸，你能不能告訴我<u>那是什麼意思</u>呢？我太懶了

「Can you just ~」，意思是「你能不能就~」，在這句子裡的「just」表示「僅僅，只是」等意思。

Phrase&Idiom 片語格言輕鬆說

Look it up in the dictionary. 去查字典。

　　dictionary 是「字典」的意思，像孩子用的圖解字典則說「picture dictionary」。Look up 是片語，表示「查閱」的意思。所以，「Look it up in the dictionary.」就是表示「去查閱字典」的意思囉！千萬別用 find 來表示查字典哦，那是錯誤的用法哦！

Vocabulary 活學活用

★ dictionary [`dɪkʃənˌɛrɪ] 名 字典，辭典

★ English [`ɪŋglɪʃ] 名 英文

★ find [faɪnd] 動 找到；發現

★ just [dʒʌst] 副 僅僅，只是；正好，恰好

★ lazy [`lezɪ] 形 懶散的，怠惰的

★ learn [lɜn] 動 學習，學會

★ mean [min] 動
　（言詞等）表示…的意思；意指，意謂

★ say [se] 動 說；講；唸；誦

★ spell [spɛl] 動 用字母拼；拼寫

★ sword [sord] 名 劍，刀

★ tell [tɛl] 動 告訴；講述

★ too [tu] 副 太；也，而且

★ vocabulary [və`kæbjəˌlɛrɪ] 名
　字彙，語彙

★ word [wɝd] 名 詞，單字

考試、成績

How was your midterm exam? 你期中考試考得如何？

Q一下馬上聽

24.mp3

「How was your midterm exam?」意思是「你期中考考得如何了？」「midterm」是指「期中考」的意思。一般小考，我們用「test」這個單字。

「mid」是指「中間的」的意思，舉例如「midnight」表示「午夜 12 點」，所以當「mid」+「term」這兩個單字組合起來就是一學期中間的時段，那麼「midterm exam」當然指的就是「期中考」囉！

即使孩子考不好，也要試著鼓勵他們繼續加油，下次再考好一點囉！「You'll do better next time.」，意思是「下一次你會考得更好！」

考試前 **When** is your exam? 你考試是什麼時候？

考試後 **How** was your exam? 你考試考得如何？

必備句型
How's (was) +N...

Conversation 英語對話親體驗

「test」、「exam」
都是指考試的意思

How was your (test?)

妳考試考得如何？

★ 小考用「test」來表示。「exam」表示「大考」、「期中考」等正式的測驗喔！

相反地則可以說「I did it very well.」，意思是「我考得很好」

It was (bad.)

很糟。

★ bad 是指「壞」的意思，也可以說「It wasn't good.」，意思是「考得不好！」

You should study harder.

那你平常就要用「我的第一本親子英文」跟我對話啊！

Oh, honey, you should study (harder.)

加「er」表示「更～」的意思

喔，親愛的，

妳應該要更用功一點。

★ study hard 的意思是「努力用功」，在形容詞或副詞後加「-er」則表示「多一點」，也就是要更努力用功一點喔！

But I already (tried my best.)

也可以說「do my best」，「盡力」的意思

但是我已經盡力了。

★ already 和 ready 別搞混囉！already 是「已經」，ready 可是「準備好了」的意思喔！

better 是「good」的比較級，「更好」的意思

Don't worry. You'll do (better) next time.

別在意，妳下次可以考得更好。

小朋友
考試考不好，
爸媽可以
這麼說！

How was **your test**?

你考試考得如何？

　　「How was your holiday?」，意思是「你假期過得怎麼樣？」。也能改成「How are your parents?」來表示關心，意思是「你父母怎麼樣？」。這是一句適合很多情況的用語喔！

可以替換成「Don't be sad」，「別傷心，別沮喪」的意思

Don't worry. You'll **do better next time**.

別在意，妳下次可以考得更好。

　　安慰的話還可以怎麼說呢？例如「What a bad luck.」意思是「真是可惜（沒有考好）呢！」或者說「That's all right.」表示「沒有關係。」

把 study 改成「work」，
work harder 就是「更努力工作」的意思

Oh, honey, you **should study harder**.

喔，親愛的，妳應該要更用功一點。

　　鼓勵孩子加油，繼續努力有很多說法！如「Keep practicing.」，意思是「繼續練習」，或者是「Try harder next time.」表示「下次要更加油一點！」。

小朋友，
你可以這樣
回應！

But I **already tried my best**.

但是我已經盡力了。

　　「I already ~」，意思是「我已經~」，舉例來說「I already packed up everything.」，意思是「我已經把每樣東西都打包了！」也可以將「already」放在句子末尾如「I finished all my homework already.」，意思是「我已經將所有的回家作業都做完了！」。

Phrase&Idiom 片語格言輕鬆說

Better late than never. 亡羊補牢總比不做的好。

「never」表示「從未」或是「沒有」的意思。這句話如果直接翻譯，則表示「遲的總比都沒有的好」，或者作「來晚總比不來的好」的解釋。也就是說，就算是遲到了還是要來，什麼事情總是做了比不做的好囉！

Vocabulary 活學活用

★ all right 片 正確的；行！

★ already [ɔlˋrɛdɪ] 副 已經；先前

★ anything [ˋɛnɪˏθɪŋ] 代
（用於肯定句時）無論什麼東西（事情）

★ bad [bæd] 形 壞的

★ exam paper 片 考試卷

★ happen [ˋhæpən] 動 （偶然）發生

★ keep [kip] 動 （長期或永久的）保有，持有

★ midnight [ˋmɪdˏnaɪt] 名 半夜十二點鐘

★ midterm exam 片 期中考試

★ next time 片 下一次

★ pack up 片 整理行裝

★ ready [ˋrɛdɪ] 形 準備好的

★ sad [sæd] 形 悲哀的，可悲的

SCENE 25 美術作業
What do you want to draw? 你想畫什麼?

Q一下馬上聽

25.mp3

What do you want to...? (你想要…?)

　　媽媽可以問孩子「What do you want to draw? 你想要畫什麼?」也可以問問孩子要用什麼樣的工具來畫畫,「What do you use?」,意思是「你要用什麼（畫）?」或者問孩子「你想用什麼顏色（畫）?」「What color do you want to use?」媽媽也可以一起加入孩子的畫畫世界裡,和孩子一同分享畫畫的樂趣喔!

　　如果是大一點的孩子,只需要在一旁陪伴他,給他引導和建議,孩子就會更喜歡畫畫了!

What do you **want to draw**?　你想畫什麼?

What do you **use**?　你要用什麼畫?

What color do you want to use?　你想用什麼顏色畫?

Conversation 英語對話親體驗

Jenny, what's your favorite color?

珍妮，妳最喜歡什麼顏色呢？

★ favorite 是指「最喜歡的」的意思。

也可以用「prefer」，意思是「我更喜歡紅色」

I (like) red.

我喜歡紅色。

What's your favorite color?

What's your favorite color?

我才是最美的！

選我啦！

we're going to~意思是「我們打算做～」

Now, (we're going to) draw an apple in your sketch book. What do we use?

現在，我們要在素描本上面畫一顆蘋果。我們要用什麼畫呢？

★ sketch 是指「素描」的意思。

draw with ＋畫畫工具，意思就是「用～畫」

Dad, I want to (draw with) crayons, can I?

爸，我想用蠟筆畫，可以嗎？

★ crayons 表示「蠟筆」，此外還有 color pens 「彩色筆」，watercolor「水彩顏料」等不同的畫畫工具。

回答問句時是「好的，當然」的意思

(Why not?) Let's draw the outline of an apple with your pencil first.

為什麼不呢？先用鉛筆勾出蘋果的輪廓吧。

★ outline 有「輪廓」，「略圖」，「概略」等意思。

Plus plus 也可以這樣說

What's your **favorite color**?

妳最喜歡什麼顏色呢？

　　這句話也可以這麼說「Which color do you like most?」或者是「What color do you like best?」，意思皆是「你最喜歡的顏色是什麼？」

適用於任何情況下的短句，是一句很好用的句子

Why not?

為什麼不呢？

　　爸媽可以問「Do you want to go to art class?」，意思是「你想去上美術課嗎？」孩子如果直接說「No way!」表示「不要！」爸媽就可以問「Why not?」為什麼不呢？

I **like** red.

我喜歡紅色。

　　或者是「I like the red color better.」表示「我較喜歡紅色」。喜歡與不喜歡孩子總是能清楚的表達。「I don't like blue.」表示「我不喜歡藍色」。

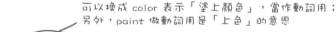
可以換成 color 表示「塗上顏色」，當作動詞用；另外，paint 做動詞用是「上色」的意思

I want to (draw) with crayons, can I?

我想用蠟筆畫，可以嗎？

　　「I want to color the apple green.」，意思是「我想要把蘋果塗成綠色的。」或者說「I want to paint the tree yellow.」，意思是「我想要把樹油漆成黃色。」

Paint (something) in. 把某物畫入圖中。

　　「paint」這個字可以作為「油漆」的意思，也可以是「繪畫」的意思。這句片語是指將某樣物品或人物畫入圖畫裡，例如「She painted in the foreground.」，意思是「她將眼前的景色畫入圖畫中。」

Vocabulary 活學活用

★ color [ˋkʌlə] 名

　　色彩，顏色（作為動詞時則表示「著色」的意思）

★ color pen 片 彩色筆

★ crayon [ˋkreən] 名 顏色粉筆；蠟筆

★ draw [drɔ] 動 畫，描寫

★ favorite [ˋfevərɪt] 形 特別喜愛的

★ left [lɛft] 形 左方的，左側的

★ outline [ˋaʊtˏlaɪn] 動 概述；畫出…的輪廓

★ paint [pent] 動 油漆；繪畫

★ pencil [ˋpɛnsl] 名 鉛筆

★ prefer [prɪˋfɚ] 動 寧可；更喜歡

★ right [raɪt] 形 右方的，右側的

★ side [saɪd] 名 邊；面；側

★ sketch [skɛtʃ] 動 素描；草圖

★ use [juz] 動 使用，利用

★ wall [wɔl] 名 牆壁，圍牆

★ want [wɑnt] 動 想要

Art 美術單字怎麼說

Color 顏色

brown 棕色		**white** 白色	
black 黑色		**blue** 藍色	
pink 粉紅色		**orange** 橙色	
red 紅色		**green** 綠色	
purple 紫色		**yellow** 黃色	

Shape形狀

小朋友，你知道這些形狀的英文怎麼說嗎？

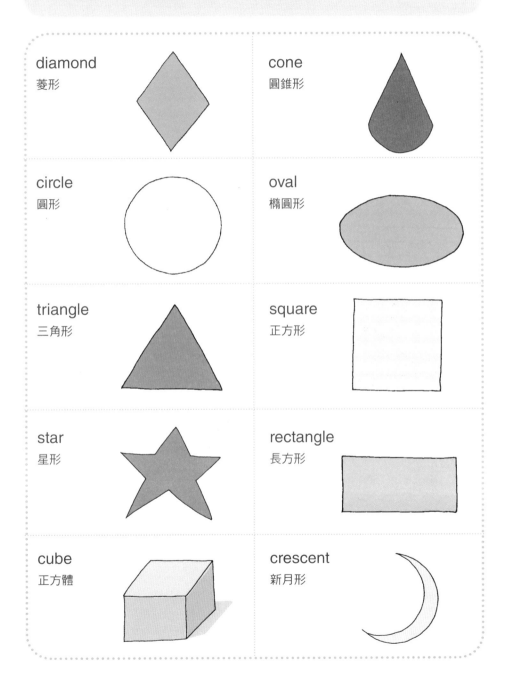

diamond
菱形

cone
圓錐形

circle
圓形

oval
橢圓形

triangle
三角形

square
正方形

star
星形

rectangle
長方形

cube
正方體

crescent
新月形

小朋友你喜歡美術課嗎？你喜歡畫畫嗎？
美術用品有很多很多種各式不同的工具用品喔！
我們快來看看這個房間到底放了哪些美術用具呢？

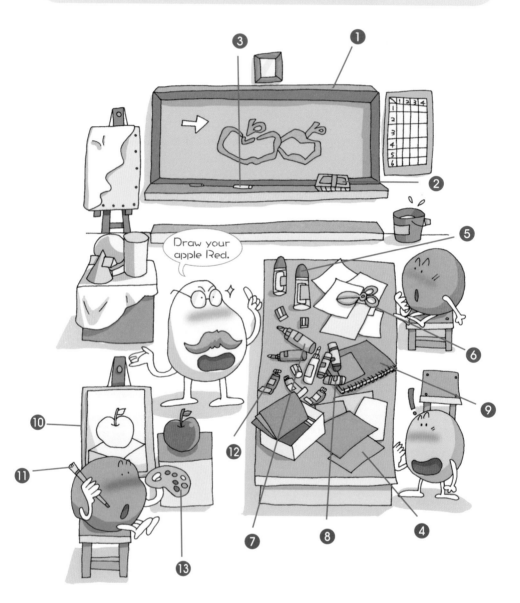

162

❶ blackboard 黑板

❷ board eraser 板擦

❸ chalk 粉筆

❹ colored paper 彩色紙

❺ glue 膠水

❻ scissors 剪刀

❼ marker 麥克筆

❽ crayon 蠟筆

❾ sketchbook 素描本

❿ easel 畫架

⓫ paint brush 水彩刷

⓬ paint 顏料

⓭ palette 調色板

塗上顏色或是畫上顏色，有幾種說法如：

Color your paper green. 把你的紙張塗上綠色。
Paint your box yellow. 把你的盒子塗上黃色。

另外像是其他工具如膠水、剪刀該怎麼用呢？
Glue them altogether. 把他們都黏在一起。
Fold the paper like this. 像這樣把紙摺起來。
Cut it out. 把它剪下來。

寫英文句子

Don't forget to start a sentence with a capital letter.

句首的第一個字母要大寫。

Q一下馬上聽

26.mp3

Don't forget to...（別忘了…）

在 3C 時代，提筆寫字、寫日記的習慣早已今非昔比了，爸爸媽媽可以多多鼓勵孩子們拿起筆寫寫字，像是每天寫一、兩行的小日記。當孩子在寫英文句子的第一個單字時，若沒有大寫的話，爸爸媽媽這時可以跟孩子說「句首第一個字母要大寫喔」，英文就是「Don't forget to start a sentence with a capital letter.」。

另外，當想要提醒孩子某些忘了做的事情時，英文都可以用 Don't forget to...這個句型，後面加上要提醒的事。類似的表達是 Remember to...（記得要做…）。

Don't forget to do your homework. 別忘了做作業。
Remember to start a sentence with a capital letter.
記得句首的第一個字母要大寫。

Don't forget to do the dishes!
別忘了洗碗喔！

Conversation 英語對話親體驗

表達「有…的困難」的句型

Do you have difficulty writing a sentence, Jenny?

珍妮，妳在寫句子時有遇到困難嗎？

write 的過去式形態，表示「寫了」　　　can 是助動詞，表示「能；可以」

I just wrote a sentence but can you tell me if I missed something?

我剛寫了一個句子，但是你可不可以告訴我有哪裡沒注意到的嗎？

★ miss 有「遺漏、沒注意到…」的意思，miss something 就是「沒注意到某件事物」的意思。

don't forget to 是「別忘了…」的意思，用來提醒別人沒做到的事

Sure. First of all, don't forget to start a sentence with a capital letter. Secondly, punctuation is a necessity in composed English.

當然可以。首先，句首的第一個字母要大寫。第二，標點符號是構成英語的必要條件。

★ 需要列舉時，表達「首先…，第二…，」，英文會用 First of all... Secondly...。

指「標點符號」的意思

Punctuation marks include the period and comma. Right?

標點符號包括句號和逗號。對嗎？

★ period 指「句號」的意思，而 comma 指「逗號」的意思。

指「在句尾」的意思

Do you have difficulty doing the dishes?

你是不想洗碗對吧？

Yes, that's right. Finally, remember to put a period at the end of a sentence.

是的，沒錯。最後，記得在句尾標上句點。

Thank you, daddy.

謝謝爸爸。

Plus plus 也可以這樣說

difficulty 是「困難」的意思

Do you **have difficulty** writing a sentence?
你在寫句子時有遇到困難嗎？

爸爸，
可以這樣關心
小朋友喔！

　　這句是用來關心孩子很好用的句子，have difficulty 是「遇到…的困難」的意思，後面加上遇到的問題，像是 have difficulty using this camera（使用這台相機遇到困難）、have difficulty reading these words（閱讀這些字遇到困難）。

後面加 to，表示記得要去做還沒完成的事

Remember to put a period at the end of a sentence. 記得在句尾標上句點。

　　這是一句提醒、叮嚀的用語，當爸爸媽媽要孩子記得做某事，可以用 Remember to＋要完成之事，像是 remember to do the dishes（記得洗碗）、remember to make the bed（記得整理床鋪）。不過如果說成 remember cleaning the room（記得清理過房間），則是指已經打掃過了，意思完全不同喔。

是表示向人尋求答案或協助的表達

Can you tell me if I missed something?
你可不可以告訴我有哪裡沒注意到的嗎？

小朋友也可以
這樣問

　　Can you tell me~ 是一句向爸爸媽媽或老師尋求協助、解答的問句，比如不知道答案時：Can you tell me the answer?（你可以告訴我答案嗎？），還是某某地方不知道怎麼去時：Can you tell me how to get to the park?（你可以告訴我怎麼去這個公園嗎？）。Can you tell me 後面可加上名詞，也可加上「if＋句子」，以表示確認某件事情。

動詞 include 是「包含」的意思

Punctuation marks **include** the period and comma. **Right?**
標點符號包括句號和逗號。對嗎？

　　當小朋友有不確定的事情想確認時，可以前面先講出自己不太確定的想法，後面加上 Right?，記得尾音要上揚，就是表示疑問、需要確認的表達。

Phrase&Idiom 片語格言輕鬆說

Do it on purpose. 故意為之。

　　這句話直接翻譯的話是「有目的的去做」。不過這句話真正的意思是「故意這樣做。」我們可以說「Don't do it on purpose.」，意思是「不要故意這樣做。」

Vocabulary 活學活用

★ difficulty [`dɪfəˌkʌltɪ] 名 困難

★ write [raɪt] 動 寫

★ sentence [`sɛntəns] 名 句子

★ just [dʒʌst] 副 剛剛

★ miss [mɪs] 動 遺漏

★ forget [fə`gɛt] 動 忘記

★ start [stɑrt] 動 開始

★ capital [`kæpətl] 形 大寫字母的

★ letter [`lɛtə] 名 字母

★ secondly [`sɛkəndlɪ] 副 第二

★ necessity [nə`sɛsətɪ] 名 需要，必要性

★ punctuation mark 片 標點符號

★ include [ɪn`klud] 動 包括

★ finally [`faɪnlɪ] 副 最後

★ period [`pɪrɪəd] 名 句號

★ comma [`kɑmə] 名 逗號

AN APPLE A DAY KEEPS THE DOCTOR AWAY.

一天一蘋果醫生遠離我。

Act 5
健康與安全

SCENE 27 健康狀況

SCENE 28 室內安全

SCENE 29 外出要戴口罩

SCENE 30 線上課程

What happened?
Did you have
a fight?

健康狀況

I feel sick.

我好像生病了。

I feel... (我覺得…)

　　表達不舒服有很多句子，像是「I feel sick.」，意思是「我好像生病了。」或者說「I don't feel well.」，意思是「我覺得不舒服。」另外如「I feel dizzy.」，表示「我頭暈暈的」等等，都是孩子在告訴媽媽說他可能生病了喔！

　　如果孩子生病也看了醫生了，媽媽則可以關心孩子「How do you feel today?」，意思是「你今天覺得怎麼樣？」這句話也可以這麼說「Do you feel better now?」表示「你現在有比較好嗎？」。

I feel sick. 我好像生病了。
I don't feel well. 我覺得不舒服。
I feel dizzy. 我頭暈暈的。

Conversation 英語對話親體驗

Mom, I don't (feel) well.

「feel」這個字可以用來描述自己的感覺與不適

媽，我覺得不舒服。

★ feel 是指「感覺」的意思。

Are you (sick?)

如果是「I feel sick」，意思是「我感到想吐」

你生病了嗎？

★ sick 表示「病的」，「想嘔吐的」的意思。

I feel (dizzy.)

可以改成「chilly」，意思是「我覺得冷」，改成「sluggish」表示「我覺得懶散無力」

我頭暈。

★ dizzy 表示「頭暈目眩的」的意思。

You should get a shot.

喔，我病已經好了！

你是不想上課吧！

Let me (take your temperature.)

「量」體溫的動詞用「take」喔

我幫你量體溫。

★ temperature 是指「溫度」的意思，在這裡則是表示「體溫」。

Mom, I don't want to go to (see a doctor.)

媽，我不想去看醫生。

★ doctor 是「醫生」的意思。

「看醫生」就是「see a doctor」，很好記吧

Oh, honey, I think you've caught a cold. You should get a (shot.)

「shot」表示「注射」的意思

喔，親愛的，我想你感冒了。你應該要去打支針。

★ shot 另外也有「射擊，開槍」等意思喔！

Plus plus 也可以這樣說

Are you **sick**?

你生病了嗎？

　　關心別人也可以這麼說「Do you feel alright?」，意思是「你還好嗎？」或者看到別人臉色不好也可以這麼說「You don't look well.」，表示「你看起來不太好。」都是可以用來關心別人的用語喔！

「你應該～」的意思,前面有出現過很多次囉

You should **get a shot**.

你應該要去打支針。

　　「The nurse gave me a flu shot.」，意思是「護士給我打了一針抗流行性感冒的針。」

用肯定句型的話,可以直接說「I feel bad.」

I **don't** feel **well**.

我覺得不舒服。

　　這句話還可以這麼說「I'm not feeling well.」，意思是「我覺得不舒服」。

see 的三態變化 see - saw - seen

I don't want to **go to** **see** a doctor.

我不想去看醫生。

　　不想看醫生的孩子會說「I feel better.」，意思是「我感覺好多了。」不過如果即使看過醫生了還是很不舒服的話要怎麼說呢？可以這麼說「I don't feel any better.」或者是「I still don't feel well.」表示「我沒有覺得好轉。」

To catch a cold 感冒，著涼

　　我們通常將 catch a cold 和 have a cold 畫上等號，但其實這兩者的意思有些小小的差別。catch a cold 是表示得到感冒的意思，因為 catch 這個字有「追趕、捉到」的含意。例如「Don't go out in the rain, or you'll catch a cold.」，意思是「下雨天別出門，不然你會感冒」。另外 have 則表示「有」，是指已經在「感冒的狀態」之下了。例如朋友問「How are you?」來表示「你好不好？」我們則可以說「I have a cold.」「我感冒了。」

Vocabulary 活學活用

★ alright [`ɔl`raɪt] 副 沒問題地，極好地

★ catch [kætʃ] 動 感染，染上（疾病）

★ chilly [`tʃɪlɪ] 形 冷颼颼的；冷得使人不舒服的

★ cold [kold] 名 傷風，感冒；寒冷

★ dizzy [`dɪzɪ] 形 頭暈目眩的

★ doctor [`dɑktɚ] 名 醫生；博士

★ flu [flu] 名 流行性感冒

★ shot [ʃɑt] 名 注射

★ sick [sɪk] 形 病的；想嘔吐的

★ sluggish [`slʌgɪʃ] 形 懶散的，不太想動的

★ temperature [`tɛmprətʃɚ] 名 體溫；氣溫

★ tired [taɪrd] 形 疲倦的；厭倦的

★ well [wɛl] 副 很好地

Symptoms 症狀單字怎麼說

孩子如果有不舒服的地方，一定讓爸爸媽媽頭痛又傷心！照顧孩子本來就要比照顧自己還要花費更多的心思，才能讓孩子健健康康的成長啊！那麼像是頭痛、肚子痛等等症狀該怎麼用英文表達呢？

What's wrong? 怎麼了？
I have a _____. 我_____。

headache
頭痛

stomachache
肚子痛

toothache
牙齒痛

bad cold
重感冒

runny nose
流鼻水

fever
發燒

high temperature
發高燒

怎麼大家都生病了？

生病的症狀也可以用「**感覺**」來表達喔！

	dizzy.		頭暈。
	sluggish.		懶散無力。
I feel +	tired.	我覺得 +	很疲累。
	chilly.		畏寒。
	like throwing up.		想吐。

另外，我們也可以用「**感覺**」來表達身體的感受喔！

Do you feel alright?	你覺得怎麼樣？
I don't feel well.	我覺得不舒服。
How do you feel now?	你現在覺得怎麼樣？
I feel better.	我覺得好多了。
I don't feel any better.	我沒有覺得好轉。

●我們還可以怎麼表達身體的不舒服呢？●

I have diarrhea.	我拉肚子。
I don't have an appetite.	我沒有食慾。
I caught a cold from you.	我被你傳染感冒了。
I can't stop coughing.	我咳個不停。
My throat's sore.	我喉嚨痛。
My fever has gone down.	我退燒了。

你知道身體部位的名稱嗎？

先來看看正面

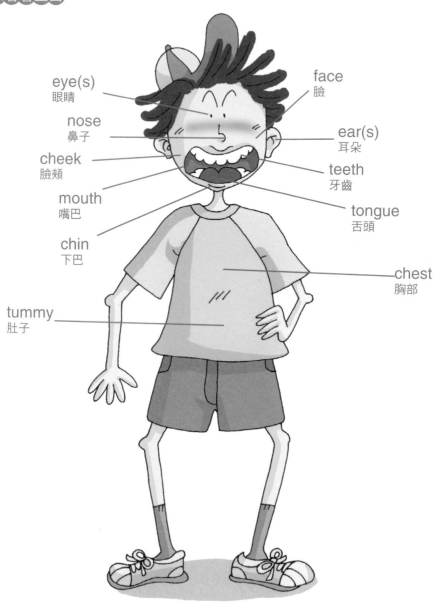

eye(s)
眼睛

face
臉

nose
鼻子

ear(s)
耳朵

cheek
臉頰

teeth
牙齒

mouth
嘴巴

tongue
舌頭

chin
下巴

chest
胸部

tummy
肚子

再來看看背面

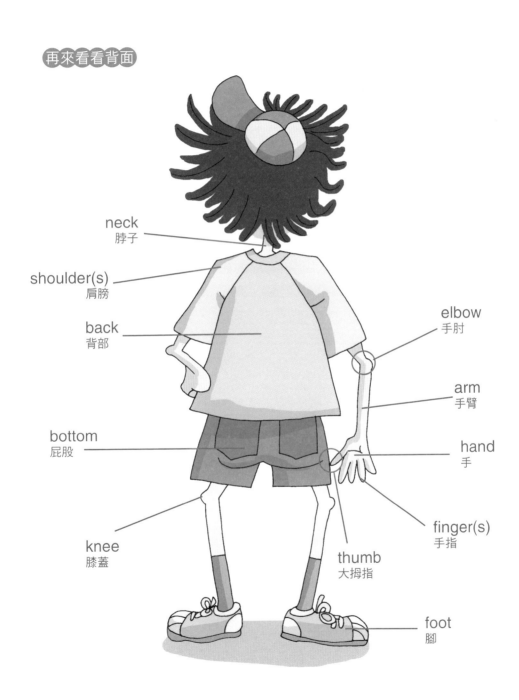

neck
脖子

shoulder(s)
肩膀

back
背部

elbow
手肘

arm
手臂

bottom
屁股

hand
手

knee
膝蓋

thumb
大拇指

finger(s)
手指

foot
腳

室內安全
I'll put the band-aid on.
我幫你貼OK繃。

　　孩子玩耍難免會受點小擦撞，媽媽除了教導他們日常生活中的規矩，也要注意他們的安全喔！如果不小心擦傷有個小傷口了，可以貼上OK繃。「scratch」這個字的意思即是「抓破，劃傷」，這時候媽媽就可以說「You're scratched.」，意思是「你擦傷了。」然後「I'll put the band-aid on.」，意思就是「我幫你貼OK繃。」

　　或者是淤青腫起來了，必須要用冰敷的，就可以這麼說「I'll put this ice pack on it.」，意思是「我幫你冰敷。」淤青（淤血）的英文要怎麼說呢？原來是叫做「bruise」，「You've got a bruise.」，意思就是「你淤血了。」這時候就要快快用冰敷囉！

I'll put the band-aid on. 我幫你貼 OK 繃。
I'll put this ice pack on it. 我幫你冰敷。

Conversation 英語對話親體驗

表示「流血的，出血的」的意思

Mom, my nose is (bleeding.)

媽，我的鼻子在流鼻血。

★ a bleeding wound 是指「流血的傷口」。

「怎麼了」、「發生什麼事」的意思

What happened,) Peter? Did you have a fight?

彼得，你怎麼了？你打架了嗎？

★ fight 是指「打架，爭吵」的意思。

> What happened?
> Did you have a fight?

No, mom. I didn't.

媽，我才沒有。

★ didn't 是「don't」的過去式喔！

Did somebody (hit) you?
Or did you just fall?

有人打你嗎？還是你跌倒了？

hit 的三態變化是 hit - hit - hit，都一樣喔！

★ hit 是「打」也表示「碰撞，擊中」的意思。fall 則是指「跌落」的意思。

過去式的 be 動詞 + ing，就是過去進行式

Mom~ I (was) just (picking) my nose, and now it's bleeding.

媽，我只是挖鼻孔，然後鼻孔就流血了。

★ picking nose 就是「挖鼻孔」的意思喔！

What happened?

你怎麼了？

看到小朋友受傷了，媽媽趕快這麼問！

我們還可以這麼說「Are you okay?」，意思是「你還OK嗎？」或是「What's wrong?」，意思是「怎麼了？」。

「just」是「剛剛」的意思，用在不久之前發生的事

Did you (just) fall?

你跌倒了？

「I slipped and fell over.」表示「我滑了一下跌倒了。」問孩子有沒有受傷也可以這麼問「Did you hurt yourself?」表示「你受傷了嗎？」。

「bleed」是動詞，「流血」的意思，名詞「blood」就是「血」的意思

My nose is (bleeding.)

我的鼻子在流鼻血。

哎呀，流血了！小朋友你可以這麼說！

也可以直接說「It's bleeding.」，表示「流血了。」如果是一直流鼻水，則是這麼說「My nose is running.」，意思是說「我一直流鼻水。」或者這麼說「I have a runny nose.」也可以哦！

I was just picking my nose, and now it's bleeding.

我只是挖鼻孔，然後鼻孔就流血了。

挖鼻孔的英文怎麼說呢？原來是「picking nose」。要怎麼讓孩子別再挖鼻孔呢？我們可以這麼說，「Stop picking your nose.」，意思就是「別再挖你的鼻孔。」

Phrase&Idiom 片語格言輕鬆說

on purpose 故意的

　　孩子喜歡打打鬧鬧，有時候就是喜歡故意打人家一下！那麼「故意」這個字在英文裡，就是用「on purpose」來表現。「purpose」這個字是指「有目的」的意思，例如說「He did it on purpose.」，意思是「他故意的。」如果要說「她故意打我的。」則可以說「She hit me on purpose.」。

He hit me on purpose.

No, I didn't !

Vocabulary 活學活用

★ band-aid [`bænd͵ed] 名 OK 繃

★ bleeding [`blidɪŋ] 形 流血的，出血的

★ bruise [bruz] 名 擦傷；淤青

★ fall [fɔl] 動 落下；跌倒

★ fight [faɪt] 動 打架；爭吵

★ hit [hɪt] 動 打；擊中

★ hurt [hɜt] 動 受傷；疼痛

★ ice pack 名 冰袋

★ nose [noz] 名 鼻子

★ pick [pɪk] 動 （用手指或尖形工具）挖，剔

★ running [`rʌnɪŋ] 形 流鼻水的

★ runny [`rʌnɪ] 形 流鼻涕的

★ scratch [skrætʃ] 動 抓破；劃傷

★ slip [slɪp] 動 滑跤，失足

★ wound [wund] 名 傷口，傷疤

★ wrong [rɔŋ] 形 出毛病的；不對的

It hurts! 受傷單字怎麼說

「媽，我受傷了！」聽到孩子這麼說，媽媽一定先罵孩子怎麼這麼不小心呢！不過孩子在外面玩耍難免會受點小傷，媽媽除了要叮嚀孩子懂得保護自己，更要注意小孩子的安全哦！

What happened? 怎麼回事？

I broke my leg.
我摔斷腿了。

I burned my hand.
我手燒傷了。

I sprained (twisted) my ankle.
我腳踝扭傷了。

I've got a cut here.
我這裡被切到了。

I got stung by a bee.
我被蜜蜂螫到了。

My eyes are tired.
我眼睛很疲倦。

My shoulders are stiff.
我的肩膀僵硬。

小朋友，外出的時候要小心喲！不要受傷了

這些醫療用品要怎麼說呢？

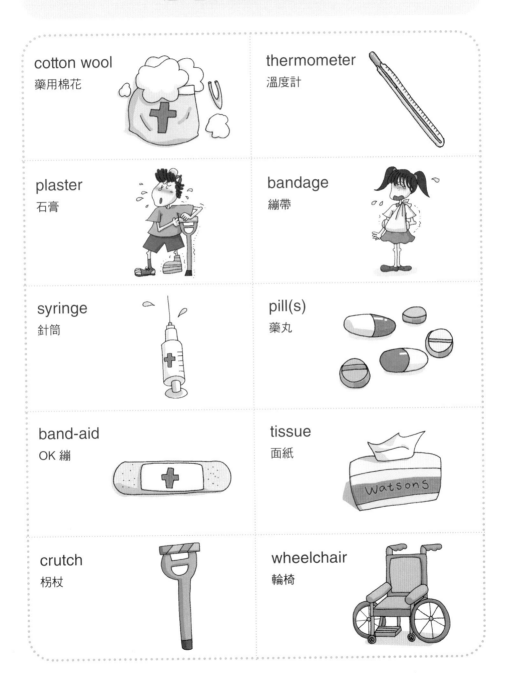

cotton wool
藥用棉花

thermometer
溫度計

plaster
石膏

bandage
繃帶

syringe
針筒

pill(s)
藥丸

band-aid
OK 繃

tissue
面紙

crutch
柺杖

wheelchair
輪椅

外出要戴口罩
Wear a mask when you go out! 出門請戴口罩！

Q一下馬上聽

29.mp3

Be careful with... (做…要小心)

　　自從疫情爆發以來到現在，戴口罩可說是我們日常生活中的家常便飯。當小朋友準備出門時，爸爸媽媽要叮嚀他們戴口罩、攜帶酒精。那麼，「戴口罩」的英文要怎麼說呢？那就是「Wear a mask.」。動詞 wear 是「穿著、戴著」的意思，即保持穿戴著的狀態。

Wear a coat when you go out. 出門請穿著大衣。
Wear a mask when you go shopping. 出門購物時請戴著口罩。

不過如果是「穿上、戴上」的動作，動詞要用 put on。

Put on a jacket if you are cold. 如果你覺得冷請穿上夾克。
Put on a hat. 戴上帽子。

　　另外，如果孩子回家時，爸媽除了要孩子脫下口罩、噴酒精之外，還會提醒小朋友脫下外套、換衣服。「Take off your jacket.」也就是「脫下外套」的意思喔。

Conversation 英語對話親體驗

be + 動詞-ing 表示「正要做～」的意思

Dad, I (am going) to the library now!

爸爸，我現在要去圖書館囉！

★ 要表示「前往某目的地」，介系詞要用 to，即 go to＋目的地。

wear 是動詞，指「穿戴」的意思

Peter! Wait! (Wear) a mask when you go out!

彼得等一下，出門請戴口罩！

**OK! I'm wearing a mask now.
Dad, what else can I do to
(prevent) the spread of the
pandemic?** prevent 是「預防」的意思

好的，我現在已經戴好口罩了。爸爸，
我還可以做什麼來預防疫情呢？

★ what else 是表示「還有其他什麼」的意思。

You can get some exercise.

舉不起來就別逞強。

**You can also wash your hands frequently, bring
(hand sanitizer) with you at all times, and get some
exercise.**

bring... with you/me 是表示
「隨身攜帶」的意思

你也可以勤洗手、隨時隨身攜帶乾洗手、做些運動。

★ frequently 是副詞，指「頻繁地」的意思。而 at all times 則是指「隨時、時時刻刻」的意思。

follow 是動詞，指「遵循」的意思

Thank you, Dad. I will (follow) these rules.

謝謝爸爸。我會遵照這些規定的。

Plus plus 也可以這樣說

爸爸，可以這麼叮嚀小朋友！

Wear a mask **when you go out**.
出門時要戴口罩。

Wear a mask ~. 為一個祈使句，句首直接用動詞開頭就是命令對方的表達。這裡 when 前後的內容都可以做替換，比如 Wear a smile when you see the clients.（當你見到客戶時請面帶笑容）。

hands 加上複數的 s 表示「雙手」的意思

You can also wash your (hands) frequently, and **bring** hand sanitizer **with you** at all times.
你也可以勤洗手、隨時隨身攜帶乾洗手。

hand sanitizer 是「乾洗手」，其中 sanitizer 是「消毒劑」的意思。而 bring... with you 是「隨身帶來」的意思，如果要表示「自己隨身帶」，可以把 you 換成 me，如 I'll bring hand sanitizer with me（我會隨身帶著乾洗手），此時主詞也要換成 I。

小朋友也可以這樣問！

What else can I do to prevent the spread of the pandemic?
我還可以做什麼來預防疫情？

我們也可以這樣表達「What else should I do to avoid the spread of the pandemic?」，to 後面接原形動詞。其中 avoid 是「避免」之意，而 prevent 為「預防」之意。avoid 後面接你想要避免的人事物。

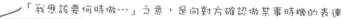
「我應該要何時做…」之意，是向對方確認做某事時機的表達

When should I use hand sanitizer?
什麼時候應該要使用乾洗手？

如果你的小孩這樣詢問時，爸爸媽媽可以回「Use it before you eat something（在吃東西之前使用）」。因為是用餐之前使用，所以介系詞用 before，表示「在做…之前」。

186

throw off the mask 露出真面目

　　這句話直接翻譯能解釋成「脫下面具」，衍生成「露出真實面目」的意思。我們人可能會因為某些事情不得不偽裝自己，因而會有戴上假面具的感覺。當發現對方的真面目時，我們可以說「He threw off the mask.」，意思是「他脫下假面具。」

　　「mask」除了表示面具之外，動詞也可以用來表示「掩飾」。例如說「She masked her sadness with a smile.」意思是「她用微笑來掩飾難過」。

Vocabulary 活學活用

★ when [hwɛn] 連 當…

★ out [aʊt] 副 在外；向外

★ go out 片 出去

★ library [`laɪˏbrɛrɪ] 名 圖書館

★ else [ɛls] 副 其他

★ bring [brɪŋ] 動 帶來

★ hand sanitizer 片 乾洗手

★ at all times 片 隨時

★ pandemic [pæn`dɛmɪk] 名 流行病

★ prevent [prɪ`vɛnt] 動 預防

★ exercise [`ɛksəˏsaɪz] 名 運動

★ frequently [`frikwəntlɪ] 副 頻繁地

★ follow [`falo] 動 聽從

★ rule [rul] 名 規則

★ mask [mæsk] 名 防護面具；口罩

SCENE 30 線上課程
You muted your microphone!
你的麥克風沒開！

Q一下馬上聽

30.mp3

　　全世界因為疫情的關係，造成人們的生活有極大的改變。例如在疫情嚴峻期間，課程改為線上，上班族的會議也改成在線上，即便是現在疫情趨緩，大家回到學校或公司，但仍有課程或會議習慣以線上方式來進行。回首以前上線上課程或線上會議，常常鬧出不少笑話，例如「你麥克風沒開」、「網路不穩」等等。那麼，你知道「你的麥克風沒開！」英文怎麼說嗎？那就是「You muted your microphone!」，動詞用 mute（消除聲音），如果是 on mute 則表示「按到靜音」。相反的，如果是「打開麥克風」「打開攝影機」，動詞用 turn on。

You **muted** your microphone! 你的麥克風沒開！

You are **on mute**! 你按到靜音了！

Please **turn on** your microphone. 請打開你的麥克風。

You forgot to **turn on** your webcam. 你忘了打開你的攝影機。

Jenny! You're late for the online class. Log in to the online class application right now.

珍妮，你上線上課遲到了。現在快登入線上課程的程式。

介系詞用 for

Good morning, students! It's time (for) Math Class.

同學們早安！來上數學課了。

★ math 是「數學」的意思，正式說法是 mathematics。

You muted your microphone!

Good morning, Mr. John.

約翰老師早安。

can't 是「不能」的意思，
後面接原形動詞

**I (can't) hear you, Jenny.
You muted your microphone.**

珍妮，我聽不到妳的聲音。妳麥克風沒開。

★ hear 是「聽見」的意思，mute 當動詞是「消除（聲音）」的意思。

Oh, my microphone is muted. I'm turning it on now.

噢，我的麥克風是關著的。我現在打開。

★ turn on 是「打開」的意思。it 是代名詞表示 microphone，且要放在 turn 和 on 中間，而不是 turn on it。

...first, and then... 是表示先後順序
的表達，即「先～，然後～」

OK. Let me take attendance (first, and then) I'll share my screen for today's lesson. Now. Let's get started.

好的，我先來點個名，然後我會分享今天課程的畫面。
那我們開始吧！

★ take attendance 是「點名」的意思，也可以使用 take a roll call。share one's screen 則是在使用視訊軟體時「分享螢幕畫面」的意思。

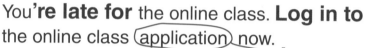

Plus plus 也可以這樣說

媽媽，
可以這麼叮嚀
小朋友！

You're late for the online class. Log in to the online class (application) now.

「應用程式」的意思

你上線上課遲到了。現在快登入線上課程。

　　當孩子上網路課程遲到時，趕緊用這句話來催促他們快點坐到電腦桌前、用電腦或平板登入線上課程。動詞片語「log in to」是「登入」的意思，後面一般接與課程、應用程式相關的名詞。至於「登出」的英文則是「log out」。

It's time for Math class.

現在是上數學課的時間。

　　It's time for 後面也可以接像是「三餐」「生活作息」之類的名詞，如 It's time for dinner.（現在是晚餐時間）、It's time for bed.（現在是睡覺時間）。

小朋友也可以
這樣問！

Don't forget to turn on your webcam.

別忘了打開你的攝影機。

　　Don't forget to 是提醒孩子「別忘了做某事」的常用表達，後面加上要提醒的動作。「webcam」在句子裡可以換成其他電子器材或電器，表示別忘了打開「某電子器材」。如：「turn on the light 把燈打開」「turn on the TV 打開電視。」

How can I turn on the mircophone?

麥克風要怎麼打開呢？

　　「How can I...?」用來詢問「…要如何做呢？」，是非常實用的句型喔！而 turn on 可以用其他片語代替，來詢問其他要進行的事情。例如當想詢問「我該如何去書局？」，就可以說「How can I go to the bookstore?」。

Phrase&Idiom 片語格言輕鬆說

a turn coat 叛徒

這句話字面上的意思是「一件旋轉外套」，形容外套會轉動，沒辦法固定一處，引申為「叛徒」的意思。我們可以說「Mark is a turn coat.」意思是「馬克是個叛徒」。

此外，「turn」除了表示轉動之外，也可以用來表示「變得」。例如說「The old man turned pale.」意思是「那位老人臉色變得蒼白」。

Mom, you turned pale!

我在化妝啦！

Vocabulary 活學活用

★ log in 片 登入

★ online [`ɑn͵laɪn] 形 線上的

★ application [͵æplə`keʃən] 名 應用程式

★ mute [mjut] 動 消除（聲音）

★ microphone [`maɪkrə͵fon] 名 麥克風

★ math [mæθ] 名 數學

★ class [klæs] 名 上課

★ hear [hɪr] 動 聽見

★ turn [tɝn] 動 轉動；變得

★ attendance [ə`tɛndəns] 名 出席

★ take attendance 片 點名

★ then [ðɛn] 副 然後

★ share [ʃɛr] 動 分享

★ screen [skrin] 名 螢幕

★ lesson [`lɛsn̩] 名 課程

★ get started 片 開始

★ webcam [`wɛb͵kæm] 名 網路攝影機

Work from home 居家&疫情單字怎麼說

在疫情嚴峻期間，許多學生在家上課、爸媽在家上班，透過網路方式來進行線上課程或線上會議。居家上課或上班的時候，需要哪些設備呢？需要做哪些動作呢？

❶ distance learning 遠距上課

❾ headset 耳機麥克風

❷ online courses 線上課程

❿ tablet computer 平板

❸ work from home 居家上班

⓫ laptop 筆記型電腦

❹ video conference 線上會議

⓬ desktop computer 桌上型電腦

❺ webcam 網路攝影機

⓭ video chat 進行視訊

❻ microphone 麥克風

⓮ share one's screen 分享畫面

❼ earphones 耳機

⓯ mute one's microphone 將麥克風靜音

❽ headphones 頭戴式耳機

⓰ unmute one's microphone 打開麥克風

疫情單字怎麼說

❶ epidemic 疫情
❷ symptom 症狀

❸ virus 病毒
❹ droplet transmission 飛沫傳染

⑤ itchy throat 喉嚨癢
⑥ sore throat 喉嚨痛

⑦ cough 咳嗽
⑧ dry cough 乾咳

⑨ headache 頭痛
⑩ fever 發燒

⑪ runny nose 流鼻涕
⑫ congestion 鼻塞

⑬ fatigue 疲勞
⑭ vomiting 吐

⑮ vaccine 疫苗
⑯ be vaccinated 接種疫苗

❿ antigen self-test 快篩試劑
⓲ take a rapid test 做快篩

⓳ temperature 溫度
⓴ take one's temperature 量體溫

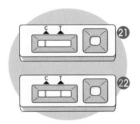

㉑ be tested negative 檢驗呈陰性
㉒ be tested positive 檢驗呈陽性

㉓ be infected 被感染
㉔ (home) quarantine （居家）檢疫

我們還可以怎麼表達身體的不舒服呢？

I don't have an appetite. 　我沒有食慾。
I can't stop coughing. 　我咳個不停。
I don't feel well. 　我不舒服。
I have a headache. 　我頭痛。
I have a running nose. 　我流鼻水。
My thoat's sore. 　我喉嚨痛。
I have a fever. 　我有發燒。
I feel pressure in my chest. 　我覺得胸口悶悶的。
I have trouble breathing. 　我呼吸困難。

與做快篩相關的表達

I need to take the rapid test. 　我需要快篩。
I want to know whether I got Covid-19 or not.
我想知道我是不是得到新冠肺炎。
Let's take the test strip, the swab, and the extraction tube out of the sealed bag.
我們來把試劑條、拭子、還有萃取液試管拿出密封袋。
I'm going to put the swab into your nostril.
我要把拭子放進你的鼻孔裡。
Next, I need to place the swab into the extraction tube.
接下來我得把拭子放進萃取液試管裡。
There's only one line on the test strip. Your result is negative.
試劑條只有一條線，你的結果是陰性。
There're two red lines on the test strip. You caught Covid-19.
試劑條上有兩條線，你確診新冠肺炎了。

Act 6
天氣與災害

SCENE 31 天氣

SCENE 32 颱風天

SCENE 33 停電

SCENE 34 地震

It's raining cats and dogs outside!

天氣
It's a fine day today.
今天是個好天氣。

Q一下馬上聽

31.mp3

「It's beautiful today.」表示「今天真是美麗的一天」，或者說「It's nice today」意思是「今天天氣真好」。

It's beautiful **today.** 今天真是美麗的一天。
It's a beautiful **day.** 真是美麗的一天。

可以有兩句不一樣的說法喔！另外形容美好的單字如「wonderful」、「great」或者是「nice」都可以用來形容好天氣喔！

It's a **wonderful** day. 天氣真好！
It's a **great** day. 天氣真好！
It's a **nice** day. 天氣真好！

Conversation 英語對話親體驗

How's the weather today?
今天天氣如何？

★ weather 表示「天氣」的意思。

也可以用「gloomy」。「It's gloomy」意思是「天氣很陰暗」

It's (cloudy.)
天氣陰陰的。

★ cloud 是表示「雲」，作為形容詞就是「cloudy」，也就是「多雲的，陰天的」的意思囉！

其他如「shower」表示「陣雨」，「storm」表示「暴風雨」

那是我煮菜的煙啦！

How's the weather today?

Is it going to (rain) today?
今天會下雨嗎？

★ rain 是名詞，表示「雨」的意思。

doubt 是指「懷疑；不相信」的意思

It's cloudy.

I (doubt) it.
我想不會。

★ 這句話是說「我不相信這個說法」，也就是她認為不會下雨囉！

But I heard it might rain.
但我聽說可能會下雨呢。

★ 這裡的 heard 是 hear 的過去式，表示他之前聽到有人說會下雨囉！

Plus plus 也可以這樣說

How's **the weather today**?
今天天氣如何？

爸爸，今天來問問孩子天氣吧！

那麼詢問明天的天氣應該怎麼說呢？「What's the weather going to be like tomorrow?」，意思是「明天的天氣會怎麼樣呢？」也可以說「What will the weather be like tomorrow?」。

= 「will」，「將會；將要」的意思，用在未來式

Is it going to **rain today**?
今天會下雨嗎？

「今天會下雨」我們可以這麼回答「It's going to rain today.」，或者也可以這麼說「It will rain today.」。那麼「可能會下雨」應該怎麼說呢？「We're expecting some rain.」，意思是「我們預期會有雨（下來）」。或者也可以這麼說「It's supposed to rain.」表示「應該要下雨了。」

小朋友，你可以這樣回答喔！

It's cloudy.
天氣陰陰的。

「sunny」就是「晴天」，「rainy」就是「雨天」的意思

另外像「今天天色陰暗」，也可以這麼說「It's overcast today.」「overcast」的意思就是「多雲的，陰的」。形容天氣的說法有很多，例如「It's windy.」，意思是「風很大。」；「It's chilly.」表示天氣「冷颼颼的。」

表示「懷疑；不相信」的意思

I doubt it.
我想不會。

這句話也可以解釋為「我不這麼認為。」換句話說也可以這麼說「I don't think so.」或者是「It's not likely to happen.」表示「不可能會這樣的。」

200

Phrase&Idiom 片語格言輕鬆說

It's raining cats and dogs outside!
外面下著傾盆大雨。

「rain cats and dogs」是表示「傾盆大雨」的意思。例如「It rains cats and dogs here in the summer time.」這句話的意思是「夏天時這裡會下傾盆大雨。」另外，如果要說雨下得很大，也可以說「It rains heavily.」用「heavily」來表示雨很「沉重」、很大的意思。

It's raining cats and dogs outside!

Vocabulary 活學活用

★ beautiful [`bjutəfəl] 形 美麗的，漂亮的

★ cloudy [`klaʊdɪ] 形 多雲的，陰天的

★ doubt [daʊt] 動 懷疑；不相信

★ forecast [`for͵kæst] 名 預測，預報

★ freezing [`frizɪŋ] 形 凍結的；冰凍的

★ gloomy [`glumɪ] 形 陰暗的，陰沉的

★ heard [hɝd] 動 （hear 的過去式）聽見，聽說

★ might [maɪt] 助 （may 的過去式）可能，可以

★ overcast [`ovɚ͵kæst] 形 多雲的，陰的

★ rain [ren] 名 雨水，雨

★ shower [`ʃaʊɚ] 名 陣雨

★ storm [stɔrm] 名 暴風雨

★ tomorrow [tə`mɔro] 名 明天

★ weather [`wɛðɚ] 名 天氣

★ windy [`wɪndɪ] 形 刮風的，風大的

★ wonderful [`wʌndɚfəl] 形 極好的，精彩的

颱風天
The typhoon is coming.
颱風要來了。

Q一下馬上聽

32.mp3

...is coming.（…要來了）

形容颱風天的樣子可以這麼說「It's stormy because the typhoon is coming.」，意思是「今天會有暴風雨，因為颱風要來了！」或者說「The wind is blowing and trees are waving.」是形容颱風天「風在吹，樹在搖晃。」

颱風來的時候除了要準備乾糧（foodstuff）、手電筒（torch）、電池（battery）、急救藥箱（first aid kit），還有求救工具等等。媽媽可以要求孩子幫忙一起準備，「Help to find the torch and batteries.」，意思是「幫忙去把手電筒和電池找出來」。

當颱風來的時候，媽媽要告訴孩子在偏遠地區的其他小孩，是如何在颱風來時幫助家裡準備防颱的工作喔！這樣可以讓孩子了解他們有多麼的幸福，可以躲在溫暖的家裡等颱風離開！

Conversation 英語對話親體驗

「tape」在這裡做動詞用，意思是「用膠布把…黏牢」

Dad, why are you (taping) the windows?

爸，你為什麼在窗戶上貼膠帶？

★ tape 作名詞用是「膠布」的意思。

如果改成「has gone」，意思是「颱風走了！」

Honey, a typhoon (is coming.)

親愛的，有個颱風要來了。

「真的嗎？」的意思，表示疑問、驚訝

(Really?) Wow, I don't have to go to school tomorrow.

真的嗎？哇，我明天可以不用去學校了。

★ I don't have to ~ 的意思就是「我不用（做）…」，要記住喔！

因為是新使句，用原形動詞

Jenny, (come) and (help), we need to prepare more food.

珍妮，快來幫忙，我們還需要準備更多的食物。

★ prepare 是指「準備」的意思，和 ready「準備好的」不一樣喔！

可以改成「on the way」，意思是「我在路上了」

O.K. Dad! I'm (coming.)

是的，爸。我來了。

★ I'm coming. 意思是「我來了～」這句話可是常常用到呢！

plus plus 也可以這樣說

爸爸媽媽，可以這樣提醒小朋友！

A typhoon **is coming**. — 「~ is coming.」表示「～要來了！」，是不是很好用呢
有個颱風要來了。

　　還記得我們在前面的章節中提到「公車來了！」「The bus is coming!」當然公車走了也可以這麼說「The bus has gone already.」表示「公車已經走了。」

原形動詞是「tape」，字尾加上 ing 之前，要先去 e 才能變成 taping 喔

Why **are** you **taping** the windows?
你為什麼在窗戶上貼膠帶？

　　「I taped a label on the box.」，意思是「我用膠帶把標籤貼在箱子上。」颱風天除了要將窗戶貼上膠布外，還要釘上木板在有縫隙的門和窗戶。「釘」這個字可以說「nail」，例如「We had the board nailed on the door.」，意思是「我們將木板釘在門上了」。

小朋友，你還可以這樣問！

Really?
真的嗎？

　　在這章節的對話裡，孩子問「Really? 真的嗎？」時，媽媽可以回答孩子說「Exactly!」表示「正是如此！」

相反就是「have to」，「必須」的意思

I **don't have to** go to school tomorrow.
我明天可以不用去學校了。

　　當然孩子也一定很想這麼說「I don't have to go to cram school, either.」，意思是「我也不用去補習班了。」「either」是有條件的，只能適用於否定的句子裡，表示「而且，也」的意思。

204

a fair-weather friend 酒肉朋友

　　這句話字面上的意思是「天氣好時的朋友」，或者是「只有情況好時才跟你交往的朋友」。這句話的意思正好與「A friend in need is a friend indeed.」相反，這是患難見真情的朋友，a fair-weather friend 則是表示圖你好處的朋友。

a fair-weather friend
酒肉朋友

Vocabulary 活學活用

★ battery [`bætərı] 名 電池

★ blow [blo] 動 吹，刮

★ either [`iðɚ] 副（用在否定句中）也，而且

★ exactly [ɪg`zæktlɪ] 副 確切地；正好地

★ first aid kit 片 急救藥箱

★ foodstuff [`fud͵stʌf] 動 糧食

★ prepare [prɪ`pɛr] 動 準備；籌備

★ stir [stɝ] 動 搖動

★ stormy [`stɔrmɪ] 形 暴風雨的

★ tape [tep] 動
　用膠布把…黏牢（作名詞則是膠布的意思）

★ torch [tɔrtʃ] 名 火把；手電筒

★ tree [tri] 名 樹

★ typhoon [taɪ`fun] 名 颱風

★ wind [wɪnd] 名 風

停電
The power went out.
停電了。

慘了！停電了！黑漆漆的，這時候如果有準備好手電筒，或是家裡原本就有照明設備就不怕囉！

「好黑喔！」該怎麼說呢？可以這麼說喔，「It's so dark.」。孩子找不到媽媽的時候就會大喊「Mom, where are you?」，意思是「媽，妳在哪裡？」或者是「Mom, I can't see you.」，表示「媽，我看不到妳。」

停電時既不能看電視，也沒辦法用電腦，黑矇矇的也沒辦法看書。爸媽可以在這個時候幫孩子複習許多英文單字啊！像是玩個小遊戲，看誰能用英文說出和電有關的單字，如「TV」電視、「computer」電腦、「light」電燈、「cell phone」手機、「car」車子（車子需要電力發電）等等，讓孩子能激勵腦力，也幫孩子製造一個停電時的好回憶！

Conversation 英語對話親體驗

這裡「scared」也可以用「frightened」替換

Dad, I'm (scared.)

爸，我好害怕喔。

★ scared 意思是「害怕的」，而「令人害怕的（東西）」則用 scary。請注意，很多人會誤以為是 scaring。

Scene 31 的片語中有提到過，就是「傾盆大雨」的意思

Take it easy, honey. It's just (raining cats and dogs.)

親愛的，放輕鬆。外面只是下著傾盆大雨。

★ take it easy 意思是「放輕鬆~」。

「stormy」是「storm」的形容詞

But, dad, it's (stormy) outside.

可是，爸，外面在下暴風雨耶。

★ stormy 是形容詞，意思是「暴風雨的」。

Honey, it's just windy and raining outside.

親愛的，外面只是颳著風，下著雨。

★ windy 是指「颳風的，風大的」，raining 就是「下雨」囉！

I'm scared.

Ar~ Dad, the power (went out.)

啊！爸，停電了。

「電走掉了」當然就是指「沒電」囉

★ power 有「力量」的意思，在這裡則表示「電力」喔！

plus plus 也可以這樣說

Take it easy.

放輕鬆。

爸爸媽媽可以對害怕的小朋友這麼說！

　　這句話也可以這麼說「You should take it easy.」，意思是「你應該放輕鬆一些。」「Take it easy.」是指在很緊張的情況下，要孩子放輕鬆別太緊張。當然媽媽也可以這麼對孩子說「You need a break.」，意思是「你需要休息一下。」或者說「You need to take a break.」表示「你需要去休息一下。」

動詞「scare」的過去分詞

I'm (scared.)

我好害怕。

　　「I'm scared.」的意思是「我好害怕」，是指受到了驚嚇而感到害怕恐慌。不過「I'm afraid」則是表示「我怕」或者表示「我擔心」。例如「I'm afraid I can't finish it.」，意思是「我擔心我沒辦法完成。」

小朋友，遇到這些情況你可以這麼表示！

改成「rainy」、「windy」就分別是「下雨的」、「風大的」的意思

It's (stormy) outside.

外面在下暴風雨耶。

　　「stormy」也可以用來形容脾氣的暴躁等等，例如「He has a stormy temper.」，意思是「他有暴躁的脾氣」。

The power went out.

停電了。

　　「went out」是口語化的表現方式，用在平常的生活中，我們也可以說「She went out shopping.」，意思是「她出去買東西。」是不是很有趣呢！

Phrase&Idiom 片語格言輕鬆說

out of order 壞了

「out of」雖然是很簡單的兩個字,但是要定義一個解釋卻很難。大致上來說,out of 則有「(因為用完了或者是要脫離而)沒有…」的意思。「out of order」表示「沒有秩序」也就是「壞了」,例如「This mobile phone is out of order.」,意思是「這支手機壞掉了。」

Vocabulary 活學活用

★ afraid [əˋfred] 形 害怕的,怕的

★ break [brek] 名 暫停;休息

★ dark [dɑrk] 形 暗的

★ inside [ˋɪnˋsaɪd] 副 裡面

★ need [nid] 動 需要,有…必要

★ outside [ˋaʊtˋsaɪd] 副 外面

★ power [ˋpaʊɚ] 名 力量;電力

★ rainy [ˋrenɪ] 形 下雨的,多雨的

★ scared [skɛrd] 形 吃驚的;嚇壞的

★ shopping [ˋʃɑpɪŋ] 名 買東西;購物

★ take it easy 片 放輕鬆

★ temper [tɛmpɚ] 名 情緒;脾氣

★ TV [ˋtiˋvi] 名 電視(television 的縮寫)

★ went out 片 熄滅(原形是 go out,也可解釋為「出去,離開」的意思)

地震
It's an earthquake.
地震了。

Q一下馬上聽

34.mp3

　　相信台灣 921 大地震的記憶一定都還停留在爸爸媽媽的記憶中，地震真的是一個無法預防的自然災害。平常，爸爸媽媽就要告知孩子當災害來臨時，應該怎麼辦的應變措施喔！比如說地震來的時候，在家裡要躲在哪裡，哪根柱子，或者是那一面才安全，或者在外面的時候應該躲在什麼的大樓柱子旁才是正確的！

　　除了說「It's an earthquake.」表示「地震了。」外，也可以反問「Did you feel the earthquake?」，意思是「你有感覺到地震嗎？」

It's an earthquake. 地震了。

Did you feel the earthquake? 你有感覺到地震嗎？

Conversation 英語對話親體驗

feel 的三態變化 feel - felt - felt

Mom, did you (feel) the earthquake this afternoon?

媽，妳今天下午有感覺到地震嗎？

如果換成「surprised」，就是「那真讓我驚訝」的意思

Oh, that (scared) me.

喔，那地震嚇到我了。

The breaking news just reported some houses were (destroyed by) the earthquake. 意思是「被…毀壞」

新聞快報才報導某些房子被地震毀壞了。

★ the breaking news 就是指「新聞快報」。

作弊是不對的行為！

Oh, dear! How ruthless!

Oh, dear! How (ruthless!)

喔，老天！真是無情。

或者說「How terrible!」，意思是「多麼可怕啊！」

Do you think we can donate some clothes and food for the (victims)? 「victim」是指「災民，難民」的意思

妳覺得我們可以捐一些衣服和食物給這些災民嗎？

★ donate 表示「捐贈，捐獻」。像是「捐贈箱」可以說是「donation box」。

Why not? That's a good idea to help them.

為什麼不呢？這真是一個幫助他們的好辦法呢。

Plus plus 也可以這樣說

How **ruthless**!

相反詞是「ruthful」，「充滿憐憫心的」的意思

真是無情。

爸媽要像這樣常跟小朋友對話喔！

「ruthless」意思是「無情的，殘忍的」。我們也能這麼說「How sad.」表示「真令人難過。」

Why not? That's a good idea to help them.

為什麼不呢？這真是一個幫助他們的好辦法呢。

「good idea」，意思是「好點子，好主意」，相反的則是說「bad idea」。例如「That's a bad idea.」或者說「That's not a good idea.」，意思是「那不是個好主意。」也可以說「It won't work.」表示「這好像不太行得通。」的意思。

小朋友有時也可以看一下英語新聞！

Did you **feel the earthquake** this afternoon?

你今天下午有感覺到地震嗎？

台灣位於兩個板塊碰撞的地方，每一年約有 8,000 次的地震，不過通常我們是感覺不出來的，只有檢測地震的機器才知道又有板塊在碰撞囉！

表示「最新的」、「最近的」發展或消息等等

The (latest) news just reported some houses were destroyed by the earthquake.

新聞快報才報導某些房子被地震毀壞了。

「destroyed by ～」的意思是「被…毀壞」，地震發生的時候，通常被毀壞的有房子、道路等。

Phrase&Idiom 片語格言輕鬆說

Anything could happen. 任何事都有可能發生。

　　地震是最無法預防的自然災害，就如許多事情真的是很難預料的。「You never know.」表示「你永遠不知道（接下來會怎麼樣）。」另外，我們也可以說「It could happen to you.」來表示「它也有可能會發生在你身上」的意思喔！當然這裡的 It 不一定只能是像地震這樣嚇人的事情，也可以是令人快樂的事喔！

Vocabulary 活學活用

★ breaking news 片 新聞快報

★ dear [dɪr] 形 親愛的，可愛的

★ destroy [dɪ`strɔɪ] 動 毀壞，破壞

★ donate [`donet] 動 捐獻，捐贈

★ earthquake [`ɝθ͵kwek] 名 地震

★ report [rɪ`port] 動 報導；報告

★ ruthless [`ruθlɪs] 形 無情的，殘忍的

★ surprised [sə`praɪzd] 形 感到驚訝的

★ terrible [`tɛrəb!] 形

　可怕的；嚇人的；嚴重的

★ victim [`vɪktɪm] 名 犧牲者，遇難者

Weather 天氣單字怎麼說

世界各地的馬鈴薯來為您現場連線當地天氣喔！小朋友，知道這些天氣型態用英文要怎麼說嗎？

說天氣、氣候等等，還有什麼其他的自然現象呢？

It's humid today.	今天很潮濕。
It's dry today.	今天很乾燥。
It's breezy today.	今天微風輕拂。
It's frosty today.	今天下霜了。
It's comfortable today.	今天天氣很舒服。
It's gloomy.	天氣很陰暗。
It's foggy.	起霧了！
It's miserable.	真是糟糕的天氣！

一年有四個季節，是哪四個？分別是什麼樣的天氣呢？

 Spring 春天 It's warm. 天氣暖和的。

 Summer 夏天 It's hot. 天氣很熱。

 Autumn 秋天 It's chilly. 天氣冷颼颼的。

 Winter 冬天 It's freezing. 氣溫冷冰冰的。

snow
雪

lightning
閃電

thunder
打雷

fog
霧

mist
薄霧

frost
霜

sun
太陽

cloud
雲

sky
天空

dew
露珠

rainbow
彩虹

Act 7
聊天與溝通

SCENE 35 詢問時間

SCENE 36 詢問日期

SCENE 37 交談

SCENE 38 金錢教育

SCENE 39 個人隱私

SCENE 40 情緒表達

SCENE 41 表示意見

SCENE 42 排解糾紛

SCENE 43 我的志願

What's the date today?
好久沒吃到馬鈴薯了...

詢問時間
What time is it now?
現在是幾點？

Q一下馬上聽

35.mp3

　　問時間，除了可以這麼問「What time is it?」表示「現在幾點？」還可以這麼問「Do you have the time?」意思是「你有時間（手錶）嗎？」，也可以等於「Do you know the time?」，表示「你知道時間嗎？」。

Do you **have** the time? 你有時間（手錶）嗎？
Do you **know** the time? 你知道時間嗎？
Do you **know what time** it is? 你知道現在幾點嗎？

　　另外，「Do you have time?」則表示用來詢問「你有空嗎？」，仔細看句子裡少了關鍵字「the」囉！問別人有沒有空還可以這麼說「Do you have some free time?」，意思是「你有沒有空的時間？」，或者直接問「Are you free now?」，意思是「你現在有空嗎？」

Conversation 英語對話親體驗

「hurry up」是「快一點」的意思，催促人的時候很好用喔

Peter, it's time to go home now! Hurry up!

彼得，該是時間回家囉！快一點。

★ it's time to ~ 這個句子在 Scene 1 的時候我們就學過囉！

Ten more minutes, mom. Please!

媽，再十分鐘啦！拜託。

「noon」是「正中午」的意思，所以「after」+「noon」就是「下午」的意思

Honey, it's almost noon. We have to go home and make lunch for your sister.

親愛的，已經快中午了。我們必須回家做午餐給你姐姐吃啊。

★ almost 是指「幾乎」的意思。

hang around 是較為粗魯的說法，意思是「閒晃」

I bet she will hang around with her mates after school.

我打賭姐姐放學後一定和她的同學在一起閒晃。

★ 「hang around with friends」意思是「和朋友在一起閒晃」。

「to」在這個句子裡表示「差幾分就幾點」

Peter, it's a quarter to twelve. Let's go home now!

彼得，已經 11 點 45 分了。我們回家吧！

★ quarter 這個字是指「四分之一」的意思，也表示「一刻鐘」。一刻鐘就是 15 分鐘囉！

有志者事竟成。

I have to go home and make lunch now.

Plus plus 也可以這樣說

媽媽,
妳可以這樣催促小朋友!

It's time to go home now! **Hurry up**!
該是時間回家囉!快一點。

　　「It's about time.」意思是「時間差不多了。」,媽媽常常要催促孩子時間來不及了,其實這時候可以說「Time is up.」,意思是「時間到了。」沒有商量的餘地囉!

「幾乎」、「差不多」的意思

It's (almost) noon.
已經快中午了。

　　那麼午夜 12 點怎麼說呢?就是「midnight」。我們也可以這樣說「It's almost dark.」,意思是「已經快天黑了。」

也可當作動詞,就是「把…分四等分」的意思

It's a (quarter) to twelve.
已經 11 點 45 分了。

　　「a quarter」是指「四分之一」,四分之一個小時就是等於 15 分鐘,所以「It's a quarter to twelve.」的意思可以解釋為「差 15 分就 12 點了」,也就是「11 點 45 分」囉!

小朋友,
你還可以這樣說!

「bet」有「打賭」也有「確信」、「敢斷定」的意思

I (bet) she will hang around with her mates after school.
我打賭姐姐放學後一定和她的同學在一起閒晃。

　　「I bet you'll win.」可以解釋為「我敢斷定你一定會贏」。另外「hang around」是指「閒蕩,徘徊」的意思,也可以用「hang out」來表達和朋友在一起,例如「Let's hang out together sometime.」,意思是「找一天一起出去走走吧!」

Phrase&Idiom 片語格言輕鬆說

kill time 殺時間；消磨時間

　　「kill」是表示「殺」的意思，殺時間就是打發時間。例如我們可以說「I killed two hours watching TV.」，意思是「我看了兩個小時的電視打發時間。」

　　另外，如果說「不急，不急，慢慢來！」用英文又該怎麼說呢？我們可以這麼說「Take your time, there's no rush.」，意思是「慢慢來，不用急。」喔！

納命來！

Vocabulary 活學活用

★ after school 片 放學後

★ almost [`ɔl,most] 副 幾乎，差不多

★ bet [bɛt] 動 打賭

★ hang around 片 閒蕩；徘徊；聚在…

★ hurry up 片 趕快

★ know [no] 動 知道；認識

★ make [mek] 動 做；製造

★ mate [met] 名 同伴，夥伴

★ noon [nun] 名 正午，中午

★ quarter [`kwɔrtɚ] 名 四分之一；一刻鐘

★ sister [`sɪstɚ] 名 姊妹

★ time [taɪm] 名 時間

★ twelve [twɛlv] 名 十二

Time is up 時間單字怎麼說

看時鐘對孩子來說可能還是一件相當費力的事情呢！不過爸爸媽媽可以藉由日常生活中的習慣，來慢慢訓練孩子學著看時鐘喔！

用英文來表示幾點鐘，可以這麼說喔！

2 點
two o'clock

8 點
eight o'clock

4 點 30 分
four thirty

如何詢問及回答「現在幾點」呢？

What time is it?　　現在幾點？

It's almost noon.　　快中午了。

It's one o'clock.　　現在是一點。

It's five after one.

現在是一點過後五分。
（一點五分）

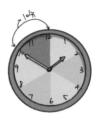

It's ten to two.

還差十分就兩點了。
（一點五十分）

如果時間是 1 點 30 分，我們也可以說是 1 點半！
當然在英文的句子裡也是可以這麼說的喔！

「半」的英文該怎麼說呢？

a half

當時間是 30 分時，也可以用「a half」來表示，一個小時的一半也就是 30 分鐘囉！

a quarter = 4分之1

當時間是 15 分或是 45 分時，就可以用「a quarter」來表示，代表一刻鐘 15 分鐘的意思喔！

---

half past

1 點 30 分
It's one thirty. 現在是 1 點 30 分。
It's half past one. 現在是 1 點過了一半。
（也就是 1 點 30 分）

a quarter to

3 點 45 分
It's three forty-five. 現在是 3 點 45 分。
It's a quarter to four. 再 15 分就 4 點了。
（也就是 3 點 45 分）

a quarter past

10 點 15 分
It's ten fifteen. 現在是 10 點 15 分。
It's a quarter past ten. 現在是 10 點過了 15 分。
（也就是 10 點 15 分）

詢問日期
What's the date today?
今天是幾月幾日？

幾月幾號和星期幾的英文問法有一點點差別，是不一樣的喔！例如我們問「What's the date today?」意思就是問「今天是幾月幾日？」，不過當我們要問今天是星期幾時，就該這麼問囉！「What day is today?」，意思是「今天星期幾？」。

詢問今天的日期還有其他的說法，例如：

What date is it today? 今天是幾號？
What's **the date**? 今天的日期是？
What's **today's date**? 今天是幾號？

回答的時候就說：

It's February **second**. 今天是二月二日。
It's **the fifth** of March. 今天是三月五日。

Conversation 英語對話親體驗

除了「日期」，也可以作為「約會」的意思喔

Dad, what's the (date?)

爸，今天是幾號？

★ date 在這裡表示「日期，日子」的意思。

也可以說「the eighteenth of December」

It's (December eighteenth.)

12 月 18 日啊。

★ eighteenth 是指「第十八個」的意思，也就是「十八號」囉！

「聖誕節」的意思，「聖誕節快樂！」就是「Merry Christmas!」

In seven days it will be (Christmas Day.)

七天後就是聖誕節了喔。

★ Christmas Day 表示「聖誕節」，聖誕節前夕則可以說「Christmas Eve」。

Yes, I know that.

是啊，我知道。

buy 的三態變化：buy - bought - bought

So, can I (buy) some new shoes as a Christmas present?

那，我可以買一雙新鞋當聖誕禮物嗎？

★ Christmas present 是「聖誕禮物」，那麼 Christmas card 就是「聖誕卡片」，不過聖誕老人可不一樣囉，是「Santa」喔！

Can I buy some new shoes as a Christmas present?

你腳太多了啦！

「promise」在這裡當名詞，是指「保證，承諾」的意思

Sure, a (promise) is a promise.

當然，我保證一定買它當禮物給妳。

Yes, I (know) that.

是啊，我知道。

know 的三態變化 know - knew - known

聽到小朋友這樣問，爸媽可以這麼說！

　　這一句是搭腔的說法，搭腔的說詞有很多表達方式，可以簡單的說「Uh-huh.」，意思是「嗯」，或者說「Oh, yeah?」表示「喔？是嗎？」。如果不想回答孩子的話，希望孩子繼續講下去時，或者想引導孩子把腦裡在想的事情說出來時，也可以簡單的說「And?」表示「然後呢？」。

可以替換成「of course」，同樣是「當然」的意思

Sure, a promise is a promise.

當然，我保證一定買它當禮物給妳。

　　「a promise is a promise」翻成白話就是說「一個承諾就是一個承諾」，所以這句話可以解釋為「答應了就要做到」囉！也可以說「I promise.」表示「我答應你」！

小朋友你還可以這樣說喔！

What's the date?

今天是幾號？

　　「date」除了解釋為「日期，日子」的意思之外，也是「約會」的意思喔！例如我們可以問「How was your date?」意思是「你約會的如何啊？」。

用「in＋時間」就是代表「～之後」喔

In seven days it will be Christmas Day.

七天後就是聖誕節了喔。

　　「Christmas Day」算是國外的新年，聖誕節的時候我們會說「Merry Christmas!」表示「聖誕節快樂！」。

It's out of date. 落伍了，不流行了。

　　「date」這個字，除了作「日期」、「約會」外，還可以用在表達「過時」的情況喔！例如說「Most pop songs soon become dated.」，意思是「大部分的流行歌曲很快就過時了。」或者是「It's out of date.」表示「這個落伍了。」也可以說「It's old-fashioned.」，意思是「這個退流行了。」

Vocabulary 活學活用

★ buy [baɪ] 動 買

★ card [kɑrd] 名 卡片

★ Christmas Day 片 聖誕節

★ Christmas Eve 片 聖誕前夕

★ day [de] 名 日；白天

★ December [dɪ`sɛmbɚ] 名 十二月

★ eighteenth [`e`tinθ] 形 第十八的

★ February [`fɛbrʊˌɛrɪ] 名 二月

★ March [mɑrtʃ] 名 三月

★ new [nju] 形 新的

★ present [`prɛznt] 名 禮物

★ Santa [`sæntə] 名 聖誕老人

★ second [`sɛkənd] 形 第二的；第二次

★ Thursday [`θɝzde] 名 星期四

Dates & Days 日期單字怎麼說

小朋友，你知道月份和星期應該怎麼說嗎？我們快來看看吧！

一個禮拜有7天，該怎麼說呢？

Days

Monday	星期一
Tuesday	星期二
Wednesday	星期三
Thursday	星期四
Friday	星期五
Saturday	星期六
Sunday	星期日

一年有12個月，又該怎麼說呢？

Months

January
一月

February
二月

March
三月

April
四月

小朋友，重要的事可以寫在行事曆上免得忘記喔！
知道幾月幾日要怎麼說嗎？來看看下面這個表格：

Sunday	Monday	Tuesday	Wednesday	Thursday	Friday	Saturday
		1st first	2nd second	3rd third	4th fourth	5th fifth
6th sixth	7th seventh	8th eighth	9th ninth	10th tenth	11th eleventh	12th twelfth
13th thir-teenth	14th four-teenth	15th fifteenth	16th six-teenth	17th seven-teenth	18th eigh-teenth	19th nine-teenth
20th twentieth	21st twenty-first	22nd twenty-second	23rd twenty-third	24th twenty-fourth	25th twenty-fifth	26th twenty-sixth
27th twenty-seventh	28th twenty-eighth	29th twenty-ninth	30th thirtie-th	31st thirty-first		

序數除了使用於日期的表達，也可以適用於以下各種情境喔！

情境一：詢問今天的日期…

What's the date today?
今天是幾號？
It's February fourteenth.
今天是二月十四號。

情境二：詢問排隊號碼時…

Who is the 3rd?
誰是第三個？
Not me. I'm the 2nd.
不是我。我是第二個。

情境三：詢問幾年級時…

What grade are you in?
你幾年級？
I'm in 4th grade.
我四年級。

情境四：詢問搭電梯去幾樓時…

Which floor are you going to?
你要去幾樓？
I'm going to the 3rd floor.
我要去三樓。

交談
Let's chat.
我們來聊天吧。

「chat」是指「閒聊，聊天」的意思。像是網路上的「聊天室」，就是指「chat room」喔！「我們只是閒聊而已」可以這麼說「We made small talk.」。「small talk」是指「閒聊一些拉雜沒有重點的話」。

Let's **chat**. 我們來聊天吧。
Let's **have a chat**! 我們來隨便聊聊吧！
We made **small talk**. 我們只是閒聊而已。

當然媽媽也可以要求孩子用英文聊天，那麼這句話應該怎麼說呢？

Let's **talk in English**. 我們用英語說吧！

Conversation 英語對話親體驗

talk 在這裡當名詞用，當動詞時
「talk」表示「講、說」的意思

 Honey, I need to have a (talk) with you.

親愛的，我必須和妳談一談。

「做」功課的動詞用「do」

 Dad, I have to (do) my homework.

爸，我得去做我的功課。

Honey, I need to have a talk with you.

口紅印
是我的……

No, honey, why didn't you go to cram school last night?

不，親愛的，為什麼妳昨晚沒去補習班？

★ why didn't you ~ 的意思就是「你為什麼沒有~」

相反的話則用「would like to~」，
「想要…」的意思

 Dad, I (don't want to) talk about it now.

爸，我現在不想談這件事情。

Honey, if you don't want to go to cram school, you should tell me the reason why.

親愛的，如果妳不想去補習班，妳應該告訴我理由。

★ tell me「告訴我」的意思。

I'm sorry, dad. But I would rather stay at school than go to (cram school.) 「補習班」的意思

爸，對不起。但我寧可留在學校也不願意去補習班。

可改成動詞「talk」，「I need to talk to you.」

I need to **have a talk** with you.

我必須和妳談一談。

　　這句話也可以簡單的說成「We need talk.」。此外「Don't talk nonsense.」，意思是「別胡說八道！」，是媽媽斥責孩子亂說話的時候很好用的一句話哦！

需要討論嚴肅的事情，爸爸可以這麼說！

省略「why」的話，意思就會變成「你昨晚沒去補習班嗎？」

Why didn't you **go to cram school** last night?

為什麼妳昨晚沒去補習班？

　　「last night」是指「昨晚」，「last day」是指「最後一天」的意思。

I don't want to **talk about it** now.

我現在不想談這件事情。

　　相反的可以這麼說「I'd like to hear about it.」，意思是「我很想聽那件事情。」有時候爸媽想聽聽孩子的聲音，孩子反而不想說！爸媽這時可以這麼說「Let's talk about it later.」，表示「待會兒我們來談那件事情。」，來轉移話題。

遇到這種情況，小朋友可以這樣解釋！

I would rather **stay** at school than **go** to cram school.

我寧可留在學校也不願去補習班。「rather~ than」後面加原形動詞喔

　　「rather~ than」，意思是「寧可~而不」，例如「I would rather go to play basketball than stay at home all the day.」意思是「我寧可去打籃球也不要待在家裡一整天。」

It's for your own good. 這可是為了你自己好喔！

　　媽媽常常會希望孩子能夠照著自己所期待的去做一些事情！像是去補習，去學才藝等等！所以，媽媽就會常常對孩子說「It's for your own good.」，意思是「這是為了你好。」

Vocabulary 活學活用

★ all day 片 整天

★ chat [tʃæt] 動 閒談，聊天

★ chat room 片 （電腦網路）聊天室

★ later [`letɚ] 形 較晚的；以後的

★ nonsense [`nɑnsɛns] 名 胡說；胡鬧

★ rather than 名 寧可；（與其）…倒不如

★ reason [`rizṇ] 名 理由，原因，動機

★ should [ʃʊd] 助 應該；可能

★ small talk 片 閒談，話家常

★ something [`sʌmθɪŋ] 代 某事

★ sorry [`sɑrɪ] 形 感到難過的；感到抱歉的

★ speak [spik] 動 說話；發表演說

★ stay [ste] 動 留下；停住

★ talk [tɔk] 動 講話；談話

金錢教育
I need more allowance.
我想要多一點零用錢。

Q一下馬上聽

38.mp3

I need more...（我需要多一點的…）

　　在爸爸媽媽的那個年代不知道有沒有零用錢可以花呢？不過現在的父母因為忙於工作，實在很少有時間可以完全陪伴在孩子的身邊，定時的給予零用錢除了讓孩子在需要時能有錢可以應急花費，也能夠培養孩子儲蓄的好習慣喔！

　　「I need more～」，意思是「我需要多一點的～」，例如「I need more cookies.」表示「我需要多一點餅乾吃」。

　　要餅乾吃總比要錢去買餅乾要來得容易了！小朋友，你說是不是啊！

　　如果媽媽忘了給零用錢，孩子也可以記得這麼跟媽媽說「May I have my allowance?」，意思是「可以給我零用錢嗎？」

I need more allowance.
我想要多一點零用錢。
May I have my allowance?
可以給我零用錢嗎？

必備句型
I need more + N
May I have + N

Conversation 英語對話親體驗

「more」是「many」和「much」的
比較級，「更多的」的意思

Mom, can I have more allowance?

媽，我可以要多一點零用錢嗎？

★ allowance 是指「津貼，零用錢」的意思。

你先照照
鏡子。

Mom, can I have
more allowance?
I want to buy
more books.

What for?

為什麼？

★ what for 這句子其實省略了後面的子
句，直接解釋的意思是「為了什麼？」

I want to buy more books.

我想要多買一些書。

Oh, yeah? Are you joking?

真的嗎？你在開玩笑嗎？

Of course not! I'm telling the truth.

當然沒有，我是說真的。

注意喔！說謊是「tell a lie」，
說實話是「tell the truth」

Honey, it's good if you spend money buying more books. But $100 dollars a week is enough for you already.

enough 表示「足夠的，充足的」的意思

親愛的，你想花錢買書是好事。可是一個禮拜一百元的零用錢對你
已經很夠用了喔。

Plus plus 也可以這樣說

遇到這種情況，媽媽還可以這麼說！

Oh, yeah? ── 是表示懷疑的用法
喔？是嗎？

　　這一句話媽媽也可以這麼搭腔「Is that so?」或者是「Is that true?」，意思是「是這樣嗎？」。

Are you **joking**?
你在開玩笑嗎？

　　「Are you joking」是表示令人無法置信的意思。也可以說「Don't lie to me.」，意思是「別對我說謊」或者說「Don't tell me lies.」表示「不要對我說謊」。或者解釋為「是真的嗎？」，簡單的說就是表示「是嗎？」的意思囉！

「零用錢」還有一個常用的說法，叫做「pocket money」

零用錢不夠用！小朋友你就這麼說！

Can I have more （allowance）?
我可以要多一點零用錢嗎？

　　如果遇上需要找零的時候用英文該怎麼說呢？我們可以這麼說「Can I have some changes?」，意思是「我可以換零錢嗎？」「change」是指「零錢，找零」的意思喔！

I'm （telling the truth）. ── 或者可以說「I'm serious.」意思是「我是認真的。」
我是說真的。

　　相反的可以這麼回答「Are you serious?」「It sounds fishy to me.」表示「我聽起來有點可疑。」即使知道孩子說不定只是說說而已哄媽媽開心，媽媽也要試著相信孩子說的話喔，別戳破了他的話，這樣會讓孩子的小小自尊心受傷喔！

Phrase&Idiom 片語格言輕鬆說

Time is money. 時間就是金錢。

　　意思是指時間就像是金錢一樣的寶貴。這句話我們常常會聽到，所以要人別浪費時間則可以說「Don't waste your time.」。跟孩子說不要亂花錢則可以這麼說，「You shouldn't spend money foolishly.」，意思是「你不應該亂花錢。」或者說「You shouldn't waste your money.」。

Vocabulary 活學活用

★ allowance [ə`laʊəns] 名 津貼；零用錢

★ book [bʊk] 名 書；本子

★ candy [`kændɪ] 名 糖果

★ change [tʃendʒ] 動 兌換（錢）

★ dollar [`dɑlɚ] 名 （美國，加拿大等國的）元

★ enough [ə`nʌf] 形 足夠的；充足的

★ fishy [`fɪʃɪ] 形 （口語化的說法）可疑的

★joking [dʒokɪŋ] 形 開玩笑

★ lie [laɪ] 名 謊話

★ money [`mʌnɪ] 名 錢；財產

★ serious [`sɪrɪəs] 形 認真的；嚴肅的

★ spend [spɛnd] 動 花（錢）；花（時間）

★ true [tru] 形 真實的；真的

★ truth [truθ] 名 實話；事實

★ waste [west] 動 浪費；消耗

★weekly [`wiklɪ] 副 每週；每週一次

SCENE 39

個人隱私
It's personal.
這是我的私事。

Q一下馬上聽

39.mp3

　　「personal」的意思是「個人的，私人的」，「It's personal.」也可以解釋為「這是我個人的事情。如果孩子跟媽媽說「It's my secret.」意思是「這是我的祕密」。媽媽可以和孩子說「This is just between you and me.」，意思是「這是我和你之間（知道的事情）！」或者孩子要媽媽保守他的祕密「Don't tell anyone.」，意思是「不可以告訴別人喔！」媽媽可以說「I won't.」表示「我不會的。」

It's **personal**. 這是我個人的事情。
It's **my secret**. 這是我的祕密。
This is just between you and me. 這是我和你之間（知道的事情）！
Don't tell anyone. 不可以告訴別人喔!
I won't. 我不會的。

Conversation 英語對話親體驗

「我可以~嗎?」表示請求或許可

Dad, may I have a room of my own?

爸,我可以有自己的房間嗎?

也可以說「I feel bad about it.」表示「那件事我很抱歉。」

Oh, honey, I'm so sorry, we don't have enough space for you to have your own room.

喔,親愛的,我真的很抱歉,我們沒有足夠的房間讓妳有自己的房間。

「share」有「分享」、「共有」的意思

Dad, but I don't want to share a room with Peter. He sleeps late every night.

爸爸,可是我不想和彼得同一個房間。他每天晚上都很晚睡!

也可以用「or」代替,都有「否則」、「不然」的意思

Honey, you can ask him to sleep right away. Otherwise you may punish him and tell him to stay out of the room, right?

親愛的,妳能夠要求他馬上去睡覺!或者是妳能夠處罰他,要他待在房間外,是吧?

Alright. Maybe it's the only way to do it.

好吧,也許這是唯一的方法了。

★ the only way 表示「唯一的方法」。

親愛的爸爸媽媽，還可以這樣說！

「space」當空間用時是「不可數名詞」喔

We don't have enough (space) **for you to have your own room**.

我們沒有足夠的房間讓妳有自己的房間。

　　換一些單字就可以表示其他意思「We don't have enough food for you to eat.」，意思是「我們沒有足夠的食物讓你吃。」。如果孩子太貪吃，媽媽就可以狠狠的這麼說！

也可以當動詞用，就是「擁有」的意思

May I have a room of my (own)?

我可以有自己的房間嗎？

　　孩子大了就會想要有自己的空間，喜歡獨處。「想要一個人。」這句話的英文該怎麼說呢？可以這麼說「I like being alone.」，意思是「我喜歡自己一個人。」

小朋友，可以像這樣說出你的心聲喔！

「share 事／物 with 人」就是「與某人分享某件事物」

I don't want to (share) a room (with) Peter.

我不想和彼得同一個房間。

　　「share a room」大部分是指學生在外租房子「共同使用一個房間」的意思。舉個例子「My brother and I share a room.」，意思是「我哥哥和我合住一個房間。」

He sleeps late every night.

他每天晚上都很晚睡！

　　有的人晚上很晚了還是不想睡，吵得別人睡不著！這時可以說「Don't be a night person. Sleep early.」，意思是「別當夜貓子了，早點睡。」

Phrase&Idiom 片語格言輕鬆說

Put yourself in my shoes. 站在我的立場替我想想。

　　這句話如果直接翻譯的話則表示「你自己進到我的鞋子裡面看看」。這句話的意思是「以我的立場去看，站在我的立場去想看看。」如果用英文直接表達，也可以這麼說「Try to see it from my point of view.」。

Vocabulary 活學活用

★ alone [ə`lon] 形 獨自的

★ anyone [`ɛnɪˌwʌn] 代 任何人

★ ask [æsk] 動 詢問；請求准許

★ between [bɪ`twin] 介 在…之間

★ otherwise [`ʌðəˌwaɪz] 副 否則，不然

★ own [on] 形 自己的

★ personal [`pɝsn̩l] 形 個人的

★ punish [`pʌnɪʃ] 動 罰；處罰

★ room [rum] 名 房間，室

★ secret [`sikrɪt] 形 祕密的；機密的

★ share [ʃɛr] 動 共有；共同使用

★ stand [stænd] 動 站立，站著

情緒表達

I feel blue.
我心情不好。

Q一下馬上聽

40.mp3

　　人總是有喜怒哀樂，不管是大人還是孩子都一樣！適時的說出自己的情緒，除了可以是親子之間的一種溝通方式，也能發洩自己放在心裡的壓力喔！

　　各種不好的情緒說法可以怎麼說呢？像是：
　　I feel really **sad**. 我真的很難過。
　　I felt **heart broken**. 我的心像要碎掉。
　　It's **depressing**. 真令人沮喪。
　　I'm **disappointed with** it. 我對此感到很失望。

　　表達心情好又可以怎麼說呢？例如說：
　　I feel **great**. 我覺得心情很好。
　　I feel **terrific**! 心情好到不行！
　　I'm so **happy**. 真是太高興了！

我看見了。

I feel blue.

Conversation 英語對話親體驗

「tidy up」也可以是「收拾房間」的意思喔

Peter, go and tidy up your toys now.

彼得，去把你的玩具收一收。

這一句話還可以說「Just a moment.」意思也是「等一下」

Wait a moment, mom.

媽，等一下。

「我在生氣！」可以這麼說「I'm angry.」

I'm mad! I said now! Turn off the TV, and do it now.

我生氣了！我說現在！把電視關掉，現在就去收。

★ mad 表示「狂怒」的意思，I'm mad 可以解釋為「我要抓狂囉！」

Mom, just ten more minutes. The show is going to be over soon.

媽，再十分鐘就好了。節目快做完了啦。

Peter, if you don't do it soon, I will throw your toys in the trash can.

「垃圾桶」也有其他的說法，如「rubbish bin」或者是「waste bin」

彼得，如果你不快點收拾，我就把你的玩具都丟進垃圾桶。

★ throw 是指「丟，投」的意思。也可以說 throw away，表示「丟棄」的意思喔！

Plus plus 也可以這樣說

Go and tidy up your toys now.
去把你的玩具收一收。

媽媽這樣說的話，很有感嚴喔！

　　小朋友，收拾玩具是一個好習慣，拿出來的東西用完了要記得放回原位喔！「tidy up your room」表示「整理你的房間」。

I'm (mad)!
我生氣了！

換成別的形容詞就可以表達各種情緒囉！
例如「frustrated 挫敗」、「excited 興奮」

　　聰明的孩子最好跟媽媽說「Don't be upset.」，表示「別生氣。」趕快照媽媽說的話去完成就對了！表達情緒還有許多說法，例如「I feel frustrated.」，意思是「我覺得很挫敗。」另外還有表達興奮的心情如「I'm so excited.」，意思是「我超興奮的」。

「throw」表示「丟；投」的意思

I will (throw) your toys **in the trash can**.
我就把你的玩具都丟進垃圾桶。

還想再看一會兒電視？小朋友可以這麼說！

　　「throw」表示「丟；投」的意思，例如孩子洗澡的時候忘了拿浴巾，「Mom, throw me a towel.」，意思是「媽，丟給我一條毛巾。」另外，「垃圾桶」也可以簡單的說「bin」就明白囉！

=「will」，「即將、快要」的意思

The show (is going to) be over soon.
節目快做完了啦。

　　「節目」還可以用「program」這個單字表示，例如「What is your favorite TV program?」，意思是「你最喜歡的電視節目是什麼？」。表達電視節目，看電視的情境對話和句子可以參考 Scene59。

What a relief! 啊，鬆一口氣了！

　　「relief」是指痛苦、負擔的「減輕、解除」的意思。「What a relief!」是口語化的情緒表達「啊，終於可以放鬆了」的意思喔！

Vocabulary 活學活用

★ angry [`æŋgrɪ] 形 發怒的，生氣的

★ blue [blu] 形 沮喪的，憂鬱的

★ care [kɛr] 動 在乎，介意

★ disappointed [ˌdɪsə`pɔɪntɪd] 形
失望的；（希望等）落空的

★ excited [ɪk`saɪtɪd] 形 興奮的；激動的

★ fantastic [fæn`tæstɪk] 形
奇異的；了不起的

★ frustrated [`frʌstretɪd] 形
挫敗的；失意的；洩氣的

★ give up 片 放棄

★ hate [het] 動 憎恨；不喜歡，厭惡

★ heart broken 片 心碎了

★ lonely [`lonlɪ] 形 孤獨的；寂寞的

★ mad [mæd] 形 惱火的；發狂的

★ miss [mɪs] 動 想念，惦記

★ moment [`momənt] 名 片刻；瞬間

Emotions 情緒單字怎麼說

bored
無聊的

interested
對～有興趣的

happy
快樂的

unhappy
不高興的

sad
難過的；悲傷的

excited
興奮的

afraid／scared
害怕的

excellent
極好的

angry
生氣的

mad
憤怒的；瘋狂的

bad
壞的

good
好的

favorite
最愛的

wonderful
很棒的

surprised
驚訝的

表示意見

I agree.
我贊成。

Q一下馬上聽

41.mp3

表示意見有贊成、有反對、有肯定也有否定。當然也有模稜兩可的回答或者是保留的回答。

表示贊成的說法，可以怎麼說呢？例如：

I agree with that. 我贊成。

I'm with you. 我站在你這邊。

那麼表示反對的英文又該怎麼說呢？

I don't agree. 我不贊成。

I object! 我有異議！

模稜兩可的回答以及保留的回答：

Maybe. 大概吧！

I guess so. 我想應該是吧。

I'll think about it.

我會考慮看看。

Conversation 英語對話親體驗

「to learn to play」表示「學著彈～」

Peter, do you want to learn to play the piano?
彼得，你想學彈鋼琴嗎？

也可以這麼說「Piano is a girl thing.」

No, mom. Piano is for girls.
不要，媽，那是女生在學的。

Well, there are many boys that can play the piano very well, like Jay Chou.
嗯，不過有很多的男生都很會彈鋼琴，像是周杰倫。

我也想要彈鋼琴！

你有手指嗎？

「I don't like」表示「我不喜歡」

No way, mom. I don't like piano.
不要，媽。我討厭鋼琴。

O.K. But you have to promise me that you will study hard in your English class.
好吧，那麼你得答應我你會更用功的把英文學得更好。

意思是「我已經明白了」

All right, all right, I understand.
好啦，好啦，我明白了。
★ all right 意思就是「好」，「行」。

爸媽可以像這樣問問小朋友的興趣喔！

「彈」、「演奏」樂器的動詞用「play」

Do you want to **learn to (play)** the piano?

你想學彈鋼琴嗎？

　　可以這麼說「I think I can learn to play the guitar.」意思是「我想我能學彈吉他。」

關係代名詞，用來代替前面的「many boys」

There are many boys (that) can play the piano very well, **like Jay Chou.**

有很多的男生都很會彈鋼琴，像是周杰倫。

　　「He can play basketball very well.」，意思是「他可以打籃球打得很好。」

小朋友，你還有這些用法來表達自己的想法！

「決不」的意思，口語說法

(No way,) mom. **I don't like piano.**

不要，媽。我不喜歡鋼琴。

　　「I don't like」可以用來說明自己不喜歡的東西，不喜歡做的事情。像是「I don't like to go to school.」，意思是「我不喜歡去學校。」

也可以說「I get it.」，也表示「我懂了」。這句話是較為口語化的說法

All right, all right, (I understand.)

好啦，好啦，我明白了。

　　「I see what you mean.」表示「我知道你的意思。」句子裡的「see」是指「明白，理解」的意思。相反的如果我們問懂不懂，明不明白，清不清楚，則可以這麼問「Do you see?」或者是「Do you understand?」、「Do you get it?」，意思是表示「你知道了嗎？」、「你懂了嗎？」。

Don't play with fire. 不要做危險的蠢事。

這句話直接翻譯是「不要玩火。」的意思，但也可引申為「不要做危險的蠢事。」的慣用說法喔！類似的說法還有「take risks」或「run risks」，表示「冒險」的意思。「take risk of doing something」表示「冒險做某事」的意思。

Vocabulary 活學活用

★ agree [ə`gri] 動 同意，贊成

★ ballet [bæ`leɪ] 名 芭蕾舞

★ disagree [ˌdɪsə`gri] 動
　意見不和，有分歧；爭論

★ guitar [gɪ`tɑr] 名 吉他

★ maybe [`mebɪ] 副 大概，或許，可能

★ no way 片 （口語化的意思是）當然不，一點也不，絕不

★ promise [`prɑmɪs] 動
　允諾，答應（當名詞則表示「承諾」的意思）

★ see [si] 動 理解，領會；看見

★ understand [ˌʌndə`stænd] 動 理解，懂

排解糾紛
You have to learn to get along with others.
你要學習和他人好好相處。

Q一下馬上聽

42.mp3

get along with... (和…好好相處)

媽媽總是會聽到孩子抱怨學校的同學不好相處，或是有些相處上的小摩擦。媽媽除了耐心地聽著孩子，也要關心孩子在學校的行為規矩是否偏差了喔！媽媽可以和孩子說「You have to learn to get along with others.」，意思是「你要學習和他人好好相處。」喔！

Are you **getting along with** her？ 你和她相處得好嗎？

I want to **get along with** everyone. 我想和大家都相處得很好。

I don't **get along with** her. 我和她處得不好。

Conversation 英語對話親體驗

也可以用「What's wrong?」或者是「What happened?」，都表示「怎麼了」的意思

What's the matter?

怎麼了？

★ matter 是指「問題，事情」的意思。

hit 的三態變化：hit - hit - hit

Mom, he hit me first.

媽，他先打我的。

Peter, be nice to your sister. O.K. ?

彼得，要善待姊姊，好嗎？

★ be nice to ~ 這是表示「對~好一點」的意思。

You should say sorry.

你應該要道歉。

★ sorry 除了作為「抱歉，對不起」的感嘆詞，也可以是「感到難過的，感到抱歉的」的形容詞喔！

也可以用「Stop!」或「Stop it!」，都表示「停！」

Peter, be a good boy. Cut it out. You shouldn't hit your sister. She's a girl.

彼得，要當一個好孩子喔。停止跟姊姊吵架，你不應該打姊姊的，她是女生喔。

副詞，「再」、「再一次」的意思

All right, all right, I won't do that again. I'm sorry.

好啦好啦，我不會再犯了，對不起啦。

例如「Be nice to your friends.」，意思是「對你的朋友好一點。」

Be nice to your sister.

要善待姊姊。

爸爸媽媽，孩子們鬧脾氣時可以這麼說！

「be」常用在命令語氣或不定詞，意思是「要，得」，或是「成為」的意思。例如「Be quiet, please.」，意思是「請安靜。」

Cut it out. — 要孩子「停」下來，還可以用「Hold it!」來說喔

停！

要孩子「停」下來，還可以用「Hold it!」當你想說「等一下」、「停下來！」或者是「不要這樣」的情況下時，可以這麼說。例如孩子打鬧不停一直玩的時候，媽媽就可以說「Hold it! It's time for lunch.」，意思是「停下來，吃午飯囉！」。也可以用「Stop」，例如「Stop it!」。

小朋友要跟兄弟姐妹好好相處喔！

He **hit me** first. — 副詞，「先…」的意思，放在句尾

他先打我的。

打架也可以用「fight」這個字來用，例如「Stop fighting.」，意思是「不要再打架了！」

You should say sorry.

你應該要道歉。

在 Scene 39 裡我們有學到道歉的話應該怎麼說！那麼回應道歉的話又該怎麼用英文說呢？原來是這麼說的「That's all right.」，意思是「沒關係。」或者說「Don't worry about it.」表示「不用在意。」，也可以說「It's no big deal.」，意思是「沒什麼要緊。」

Phrase&Idiom 片語格言輕鬆說

Let's make up. 我們和好吧！

「make up」是指使吵架等圓滿收場，意思就是「和好」囉！孩子吵架總是難免的，所以媽媽有時候當個和事佬的角色也很重要喔，可以問孩子「Did you make up?」，意思是「你們言歸於好了嗎？」。

Vocabulary 活學活用

★ again [ə`gɛn] 副 再，再一次；重回

★ be nice 片 （成為）好的，友善的

★ be quiet 片 安靜

★ big deal 片
（常用作反語）至關重要的大事，了不起的事情

★ cut [kʌt] 動 切斷

★ cut it out 片 停

★ deal [dil] 名 交易

★ get along 片 和睦相處

★ hold [hold] 動 握住；持有

★ matter [`mætɚ] 名 事情；問題

我的志願
I want to be a doctor.
我想要當一個醫生。

Q一下馬上聽

43.mp3

I want to be... (我想要當…)

　　問問孩子長大後想當什麼？有的孩子想當醫生「doctor」，警察「policeman」，或者是老師「teacher」，不知道小朋友們有沒有認真地想過呢？

　　問問孩子長大了想當什麼，這一句話的英文該怎麼說？「What do you want to be?」，意思是「你長大了想要做什麼？」，或者說「What are you going to do after you graduate?」表示「你畢業之後打算做什麼？」。

What do you **want to be**? 你長大了想要做什麼？

What **are** you **going to do** after you graduate?

你畢業之後打算做什麼？

I want to be a doctor.

我想要當一個醫生。

I want to be a teacher.

我想要當一個老師。

必備句型
I want to be ＋ 職業
（我想要當…）

Conversation 英語對話親體驗

What do you want to be?
妳長大想要做什麼？

「young」還可以表示
「幼小的」的意思

Dad, I haven't thought about it. I'm still (young.)
爸，我才沒有想這個，我還很年輕。

★ young 是指「年輕的，未成熟的」的意思。例如「young age」就表示「年輕的年紀」。

hobby 表示「嗜好」的意思

Oh, honey, but you must know what your (hobby) is, right?
喔，親愛的，可是妳必須知道妳的興趣是什麼，是吧？

★ 另外還有「interest」也可以用來表示「興趣，愛好」的意思。

「like」後面加動名詞（Ving）
或不定詞（to V）都可以

I (like) playing the piano.
我喜歡彈鋼琴。

Yes, you play the piano well. You could be a good pianist. That's good.
是啊，妳鋼琴彈得很好。那妳可以是一個很棒的鋼琴家，那很好啊。

★ pianist 表示「鋼琴家，鋼琴演奏者」的意思，也可以說「piano player」。

What do you want to be?

我想當外星人。

Plus plus 也可以這樣說

爸爸媽媽還可以這麼問！

What do you **want** to be?

「想要成為～」的意思

你長大想要做什麼？

　　被問到這個問題，孩子可以說「I want to be a musician.」，意思是「我想要當一名音樂家。」如果是想當「有錢人」要怎麼說呢？「I want to be a rich man.」，意思是「我想當個有錢人。」

You must know **what your hobby** is, right?

你必須知道你的興趣是什麼，是吧？

　　問別人有沒有什麼嗜好，還可以這麼問「Do you have any hobbies?」，意思是「你有沒有什麼嗜好？」或者問「What do you do when you have free time?」，意思是「有空的時候你都做些什麼？」

小朋友要多多培養興趣喔！

thought 是 think 的過去式

I haven't **thought** about it.

我才沒有想這個。

　　「I think he will come.」表示「我認為他會來。」。另外，我們常說的「三思而後行」也是這麼說「Think before you leap.」。

「play」在這裡是「演奏」的意思

I like **playing** the piano.

我喜歡彈鋼琴。

　　「play」這個字除了可以用作「玩耍」還可以用來表示音樂的「演奏」。例如「She can play the violin very well.」意思是「她能將小提琴演奏得很好。」

Phrase&Idiom 片語格言輕鬆說

It's worth a try. 值得一試。

「worth」是表示「有價值」或是「值得」的意思。這句話是指「也許可以很順利，也許很困難，但是值得一試」喔！

我真的不好吃！

It's worth a try!

Vocabulary 活學活用

★ age [edʒ] 名 年齡

★ doctor [`dɑktɚ] 名 醫生

★ flute [flut] 名 長笛，橫笛

★ harmonica [hɑr`mɑnɪkə] 名 口琴

★ hobby [`hɑbɪ] 名 癖好，嗜好

★ interest [`ɪntərɪst] 名 興趣；愛好

★ leap [lip] 動 跳，跳躍

★ musician [mju`zɪʃən] 名 音樂家；樂師

★ pianist [pɪ`ænɪst] 名
鋼琴家；鋼琴演奏者

★ policeman [pə`lismən] 名 警察

★ rich man 片 有錢人

★ think [θɪŋk] 動 想，思索；認為

★ violin [͵vaɪə`lɪn] 名 小提琴

★ young [jʌŋ] 形 年輕的，幼小的

Occupation 職業單字怎麼說

各種職業

　　小朋友，你長大想做什麼？在社會上，有各式各樣的工作都在為我們服務喔！除了我們常常看到的警察、郵差、老師等等職業，你還觀察到了什麼職業呢？我們一起來看看吧！

1 pilot 飛行員
2 fireman 消防員
3 mailman
郵差
4 fisherman
漁夫
5 farmer 農夫
6 florist 種花者
7 truck driver
貨車司機
8 bus driver
公車司機
9 baker 烘焙師
10 painter 油漆工
11 dentist 牙醫
12 doctor 醫生
13 nurse 護士
14 chef 廚師
15 waiter/waitress
服務生
16 entertainer
表演者
17 hairdresser
美髮師
18 singer 歌星
19 carpenter 木工
20 policeman/
policewoman
警察
21 dancer 舞者
22 artist 藝術家
23 pianist 鋼琴家
24 judge 法官
25 lawyer 律師
26 actor/actress
演員

What do you want to be? 你長大想做什麼？

1. pilot	飛行員	to fly airplanes 駕駛飛機
2. fireman	消防員	to put out fires 將火熄滅
3. mailman	郵差	to deliver mails 投遞信件
4. fisherman	漁夫	to catch fish 抓魚
5. farmer	農夫	to grow corn 種植穀物
6. florist	種花者	to grow flowers 種植花朵
7. truck driver	貨車司機	to drive a truck 開貨車
8. bus driver	公車司機	to drive a bus 開公車
9. baker	烘焙師	to bake bread 烘焙麵包
10. painter	油漆工	to paint houses and rooms 油漆房子與房間
11. dentist	牙醫	to treat the teeth 治療牙齒
12. doctor	醫生	to help sick people 幫助生病的人
13. nurse	護士	to take care of sick people 照顧生病的人
14. chef	廚師	to cook food 烹煮食物
15. waiter / waitress	服務生	to serve people at a restaurant 於餐館服務客人
16. entertainer	表演者	to make people happy 製造快樂給人們
17. hairdresser	美髮師	to cut people's hair 設計人們的頭髮
18. singer	歌星	to sing songs 唱歌
19. carpenter	木工	to make and repair wooden objects 製造與修理木製品
20. policeman / policewoman	警察	to help people live safely 幫助人們住得安全
21. dancer	舞者	to move with the rhythm 跟著旋律舞動
22. artist	藝術家	to make the world beautiful 讓世界更美好
23. pianist	鋼琴家	to play the piano 演奏鋼琴
24. judge	法官	to judge whether people are guilty 審判人是否有犯罪
25. lawyer	律師	to help people in court 幫助上法庭的人
26. actor / actress	演員	to act in a film or television 電影或電視中飾演角色

What do you want to be? 你長大想做什麼？

astronaut 太空人

to travel in outer space
在外太空旅行

teacher 老師

to teach students
教學生

announcer 播報員

to read news
播報新聞

scientist 科學家

to study space and the earth
研究太空以及地球科學

architect 建築師

to design buildings
設計建築物

computer programmer 電腦工程師

to program the computer
設計電腦程式

engineer 機械工程師

to work at the mechanical area
於機械領域工作

sales person 銷售人員

to work at a store
在門市工作

butcher 肉商

to prepare and sell meat
屠宰與販賣肉品

Act 8
家事雜務

SCENE 44 打掃

SCENE 45 收拾

SCENE 46 烹飪

SCENE 47 接電話

SCENE 48 找東西

SCENE 49 園藝

What a pigsty!

打掃
It's your turn to do the dishes today.
今天輪到你洗碗。

It's your turn... (今天輪到你⋯)

提到做家事，有的孩子喜歡幫忙可是卻做不好。有的孩子根本就是都丟給媽媽一個人做！如果是媽媽希望孩子來幫忙，那麼媽媽可以說「Can you come and help me?」，意思是「你可以過來幫我嗎？」。媽媽也可以直接命令孩子說「Do the dishes!」，意思是「把碗洗一洗！」

I can help! 我可以幫忙。

Would you clean the table? 你可以幫我把桌子擦一擦嗎？

Do the dishes! 去洗碗！

It's your turn to do the dishes today. 今天輪到你洗碗。

It's not my turn.

今天不是輪到我。

Conversation 英語對話親體驗

意思是「你能來嗎？」

Jenny, can you come and help me?

珍妮，妳可以過來幫我嗎？

★「Can you come?」也可以這麼問「Will you come?」。這句話帶有期待的問句，意思是「你會來嗎？」。

也可以這麼說「What can I help with?」，意思是「我可以幫忙什麼？」

Mom, what should I do?

媽，我要做什麼？

It's dusty everywhere in the house. Can you help me do the housecleaning?

房子裡到處是灰塵，幫我打掃好嗎？

★ dusty 是形容詞，表示「滿是灰塵的，灰塵覆蓋的」的意思喔！

幫忙打掃房子。

O.K. I will call Peter to clean it together.

你才放開我！

放開我！

O.K. I will call Peter to clean it together.

好吧，我叫彼得一起幫忙打掃。

need + Ving 是「需要被~」的意思喔

That's my good girl. The clothes need washing. I'll do the laundry.

真是我的好女孩！這些衣服要洗一洗，我要去把衣服洗一洗。

★ laundry 是名詞，意思是「要洗的衣服」或者是「洗衣店，洗衣房」。

「dust」的形容詞,「滿是灰塵的」

It's dusty everywhere in the house.
房子裡到處是灰塵。

媽媽,妳可以這麼告訴小朋友喔!

　　或者說「It's so dusty.」,意思是「灰塵好多」。也可以這麼說「Please dust the shelves.」,意思是「把架子上的灰塵拂去。」。「dust」表示「將灰塵拂去」的意思喔!

「help」後面用原形動詞

Can you help me do the housecleaning?
幫我打掃好嗎?

　　這一句話,媽媽也可以簡單地直接下達命令,要孩子幫忙清掃房子,「Help me clean up the house.」,意思是「幫我清掃一下房子」。

那麼「摺衣服」怎麼說呢?是「fold up the clothes」

The clothes need washing. I'll do the laundry.
這些衣服要洗一洗,我要去把衣服洗一洗。

小朋友,要主動幫媽媽做家事喔!

　　洗好的衣服要晾乾,該怎麼用英文說呢?媽媽可以說「Would you put up the clothes to dry?」,意思是「可以幫我把衣服晾起來嗎?」。

What should I do?
我要做什麼?

　　或者說「What do you want me to do?」意思是「你要我做什麼呢?」孩子願意幫忙媽媽分擔一些工作是孩子的心意喔!

Phrase&Idiom 片語格言輕鬆說

To keep house 料理家事

「house」和「home」兩個單字雖然中文大多翻譯成「家」，不過在英文句子裡的使用可是不同的喔！「house」是指「你所住的地方」，而「home」則表示「你的心所歸屬的地方，是有家人、有溫暖」的意思。「keep house」則表示「維持住家的樣子」，例如說「He wanted his wife to keep house and not to work in an office.」表示「他要他太太料理家事，而不用去上班」。

It's my turn to keep house.

越幫越忙！

Vocabulary 活學活用

★ call [kɔl] 動 呼喚；召集；打電話給…

★ clean [klin] 動 把…弄乾淨；去除…的污垢

★ clean up 片 打掃；整理；清理

★ dish [dɪʃ] 名 碟子，盤子

★ dusty [`dʌstɪ] 形 滿是灰塵的，灰塵覆蓋的

★ everywhere [`ɛvrɪ‚hwɛr] 副 到處，處處

★ fold up 片 摺疊

★ houseclean [`haus‚klin] 動 大掃除；整頓

★ laundry [`lɔndrɪ] 名 洗衣店，洗衣房；送洗的衣服

★ shelves [ʃɛlvz] 名 書櫥等的架子；隔板

★ turn [tɝn] 名 （依次輪流時各自的）一次機會

收拾
What a mess!
真是亂七八糟！

Q一下馬上聽

45.mp3

媽媽看到孩子房間凌亂時經常會說：

What a mess! 真是亂七八糟！

Look at the mess! 看看這一團亂！

另外像是我們常說，「豬窩豬窩，看你的房間真像個豬窩！」這句話要怎麼說呢？「What a pigsty! 真是個豬窩！」。「pigsty」意思是「豬圈」的意思。

媽媽應該讓孩子收拾他自己的房間，讓孩子除了覺得那房間是他自己的「地盤」之外，也讓孩子培養收拾乾淨的好習慣！不然孩子可就依賴你總是幫他打掃房間囉！

Conversation 英語對話親體驗

Jenny, clean up your mess, please.

珍妮，把這一團髒亂整理乾淨。

★ clean up 是指「清掃，整理」的意思。

O.K. Mom. I'm putting these books into the box. I'll do it later.

是「I will」的縮寫喔，還記得嗎？

好的，媽。我正在把這些書裝進箱子裡，我等一下會整理。

學英文？
Can I do it later?

學…英…文…？
I'll do it...later...

現在就開始學英文！

收拾、整理

Peter, tidy up your mess. Pick up the garbage under your desk, please.

彼得，把這一團髒亂整理乾淨。把桌子下面的垃圾都撿起來。

★ garbage 意思是「垃圾」的意思。另外「垃圾箱」也可以這麼說「garbage can」。

「have + 過去分詞」就是完成式的用法

Mom, can I do it later? I haven't finished my homework.

媽，我可以等下再收拾嗎？我還沒寫完我的作業。

「結束」的意思

Peter, you better hurry. Summer vacation is over in 2 days.

彼得，你最好快一點。暑假再兩天就結束囉。

★ summer vacation 是指「暑假」的意思。另外「寒假」則是說「winter vacation」喔！

Plus plus 也可以這樣說

爸媽要孩子們整理房間時可以這樣說！

Clean up your mess, please.
把這一團髒亂整理乾淨。

　　將房間整理乾淨還有其他的說法如「Clean up your room.」，意思是「把你的房間清理一下。」

動詞，「拾起」、「收拾」的意思

(Pick up) the garbage under your desk, please.
把桌子下面的垃圾都撿起來。

　　「動詞 + ing」是指現在進行式的意思。例如說「You should pick up the tools after work.」，意思是「工作結束後應該把工具收拾好」。

Summer vacation is over in 2 days.
暑假再兩天就結束囉。

　　在 Scene 40 有提到「over」， 意思是「結束」。「Summer vacation is over」，意思是「暑假結束囉」！

小朋友，你可以這樣回答爸媽喔！

介系詞，「到…裡面」

I'm putting these books (into) the box.
我正在把這些書裝進箱子裡。

　　另外「I'm sweeping the floor.」，意思是「我正在掃地。」，「sweep」表示「清掃，掃除」的意思。

I'll do it later.
我等下會整理。

　　詢問的說法則是「Can I do it later?」，意思是「我能等下再整理嗎？」。

Phrase&Idiom 片語格言輕鬆說

to put away 收好

「to put away」是指把東西放原位的意思。例如說「Put your toys away in the cupboard.」，意思是「要把玩具收到櫃子裡去」。如果是要孩子將玩具收到一旁去，則可以用「put aside」來表示。例如「She put the toy aside and picked up a book.」，意思是「她把玩具放在一旁，拿起一本書」。

Vocabulary 活學活用

★ box [bɑks] 名 箱；盒

★ desk [dɛsk] 名 書桌

★ floor [flor] 名 地板，地面

★ garbage [`gɑrbɪdʒ] 名 垃圾

★ into [`ɪntu] 介（表示動作的方向）到…裡面

★ look at 片 看，查看

★ mess [mɛs] 名 混亂，凌亂的狀態

★ over [`ovɚ] 形 結束的；完了的

★ pick up 片 拾起；收拾

★ pigsty [`pɪg͵staɪ] 名 豬舍；髒亂的地方

★ put [pʊt] 動 放，擺，裝

★ summer vacation 片 暑假

★ sweep [swip] 動 掃，清掃；打掃

★ tool [tul] 名 工具；用具

★ trash can 片 垃圾桶

★ under [`ʌndɚ] 介 在…下面；低於

Clean up 打掃單字怎麼說

Help to clean up the house! 幫忙打掃房子。

小朋友，你有幫忙爸爸媽媽一起把家裡打掃乾淨嗎？我們來看看幫忙做家事，打掃家裡，清潔地板的英文到底應該怎麼說呢？

fold the clothes
摺衣服

I have to vacuum my room.
我的房間得用吸塵器清掃了！

Let's sweep the floor.
一起幫忙把地板掃一掃吧！

mop the floor 拖地板

關於收拾、清潔、整理的片語有哪些你知道嗎？

打掃工具有哪些呢？快去看看家裡有沒有這些東西呢！

rag 抹布

broom 掃帚

feather duster
雞毛撢子

scrubbing brush
硬毛刷

fabric softener
衣物柔軟劑

mop 拖把

bleach 漂白劑

bucket 水桶

soap powder
清潔粉

clothes hanger 衣架

vacuum cleaner
吸塵器

washing machine
洗衣機

SCENE 46

烹飪

I want to make coffee.
我想煮咖啡。

Q 一下馬上聽
46.mp3

I want to make... (我想做…)

　　咖啡是現代人最享受的飲品之一。不過，孩子小小年紀不太適合喝咖啡喔！能夠和孩子一起準備一份餐點，不論是下午茶還是午餐、晚餐等等，都是孩子在成長的記憶中很美好的一件事情！

　　媽媽可以邀請孩子一起做食物，例如「Let's make dinner together.」意思是「我們一起做晚餐吧」。「make」這個字有「製作」的意思，所以也可以用來說要做蛋糕！例如「I'm going to make a cheese cake.」，意思是「我要來做起司蛋糕了。」

I want to **make** coffee. 我想煮咖啡。

Let's **make** dinner together. 我們一起做晚餐吧。

I'm going to **make** a cheese cake. 我要來做起司蛋糕了。

必備句型
Let's make + 食物/飲料
I want to make +
食物/飲料

Conversation 英語對話親體驗

也可以用「cook」表示「煮」、「烹飪」

Mom, what are we going to make tonight?

媽，我們今晚要做什麼菜？

「rice」是「飯」也可以作為「米」的意思。
「fried rice」就是「炒飯」的意思囉

Curry and rice. What do you think?

咖哩飯。你覺得呢？

★ curry 是「咖哩」的意思喔！

「sound」表示「聲音」，為名詞，在這裡則作為
動詞，是指「聽起來，聽上去」的意思喔

That sounds nice. I can peel the potatoes first.

聽起來不錯。我可以幫忙先把馬鈴薯削皮。

★ peel 是指「剝（皮），去（殼）」的意思喔！

Really! Oh, honey, you are so sweet. I'll chop up this carrot.

真的？喔，親愛的，你真是貼心。那我來把這紅蘿蔔切丁。

★ chop 是指「切細，剁碎」的意思！也可以作「砍，劈」等意思喔！

媽媽妳在做什麼？

Mom, the water is boiling.

「boil」是動詞「煮沸」、「燒開」的意思，加上 ing 就是「正在沸騰」

媽，水在滾了。

The water is boiling!

Honey, just turn down the stove.

親愛的，把瓦斯爐調小就好。

Plus plus 也可以這樣說

和小朋友一起準備晚餐時可以這樣說！

如果是「mince」，就是指「切碎，剁碎」的意思

I'll **chop up** this carrot.

那我來把這紅蘿蔔切丁。

　　「Please chop up the vegetables.」，意思是「請把菜切碎」。「切碎」還可以用「mince」來表示，例如「mince the onions」，意思是「把洋蔥切碎」。「minced」是指「切碎的」的意思。像是「碎豬肉」就可以說是「minced pork」囉！

Just **turn down** the stove.

把瓦斯爐調小就好。

　　那麼如果是將瓦斯爐打開怎麼說呢？可以說「turn on」，另外「turn off」則是表示「關掉」的意思囉！

「be going to」是「將要做~」的意思

What **are** we **going to** make tonight?

我們今晚要做什麼菜？

小朋友，可以和爸媽一起學煮菜喔！

　　煮菜通常我們都說「cooking」，意思是「烹調」。像是「烹調用的酒」就是「cooking wine」。所以，這句話也可以這麼說「What are we going to cook today?」表示「今天我們要煮什麼？」。

除了「削皮」，也可以指「去殼」的意思喔！

I can **peel** the potatoes first.

我可以幫忙先把馬鈴薯削皮。

　　讓孩子學會削東西可是需要一番功夫讓孩子練習呢！平常的時候，媽媽就可以讓孩子削蘋果來幫忙囉！「Can you peel some apples?」，意思是「你能幫忙削些蘋果嗎？」。

I think those are sour grapes.
我認為那是酸葡萄（不服輸的心理）。

　　「sour grapes」，意思是「酸葡萄心理」，這句話是用來表現一個人不認輸時的慣用說法！這句話的典故則是出自於伊索寓言，「有一隻狐狸因為採不到籬架上的葡萄就不服輸地說『那些葡萄都是酸的』」，於是就有這麼一句話囉！我們也可以說「I think it's a case of sour grapes.」。

Vocabulary 活學活用

★ boiling [`bɔɪlɪŋ] 形

　　沸騰的（作名詞用是指「煮沸」的意思）

★ carrot [`kærət] 名 胡蘿蔔；紅蘿蔔

★ cheese cake 片 起司蛋糕

★ chop up 片 剁；剉

★ coffee [`kɔfɪ] 名 咖啡

★ cooking [`kʊkɪŋ] 形

　　烹調用的（作為名詞用則是指「烹飪」的意思）

★ fried rice 片 炒飯

★ mince [mɪns] 動 切碎，剁碎；絞碎

★ onion [`ʌnjən] 名 洋蔥

★ peel [pil] 動 削去…皮；剝去…殼

★ potato [pə`teto] 名 馬鈴薯

★ stove [stov] 名 火爐；暖爐

★ today [tə`de] 副 今天

★ turn down 片 轉小，減少（光亮，火焰，聲響）

★ vegetable [`vɛdʒətəbl] 名 蔬菜；青菜

★ wine [waɪn] 名 葡萄酒

In the Kitchen 廚房單字怎麼說

廚房用具

在媽媽的廚房裡有好多好多的東西喔！小朋友你能在廚房裡發現什麼有趣的東西呢？記得和媽媽一起拿著這本書去尋寶喔！

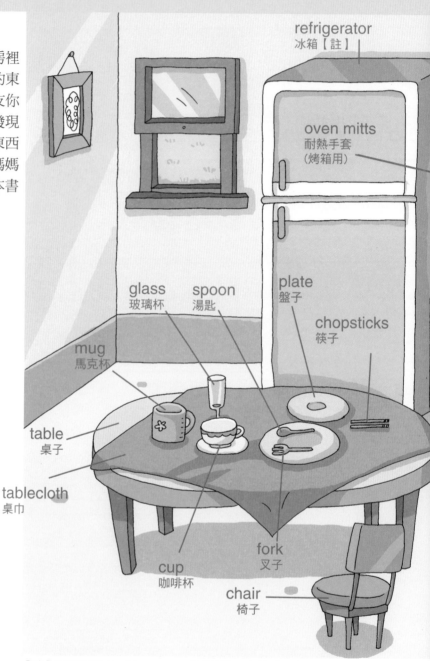

refrigerator
冰箱【註】

oven mitts
耐熱手套
（烤箱用）

glass
玻璃杯

spoon
湯匙

plate
盤子

chopsticks
筷子

mug
馬克杯

table
桌子

tablecloth
桌巾

cup
咖啡杯

fork
叉子

chair
椅子

【註】在美國用「refrigerator」表示冰箱；在英系國家（英國、紐澳等國家）則用「fridge」表示電冰箱喔！

284

bowl
碗

cupboard
廚櫃

bottle 瓶子

tray 托盤

cutting
board
砧板

kettle
燒水壺

fan
風扇

pot
鍋子

stove
火爐

microwave
微波爐

sink
水槽

frying pan
平底鍋

oven
烤箱

平常在廚房料理食物，做蛋糕、泡咖啡、削水果等等，
應該怎麼說呢？

make coffee
泡咖啡

wash the vegetables
洗青菜

peel the potatoes
削馬鈴薯

chop up the carrot
把紅蘿蔔切丁

mince the onions
把洋蔥剁碎

cut tomatoes like this
像這樣切番茄

mix the eggs and the flour
把蛋和麵粉混合

麵粉

★ 常用調味料和食材可以參考 P.126 的「Food 食物單字怎麼說」喔！

馬鈴薯廚師們要來秀廚藝囉！
烹飪的方法有煎煮炒炸，用英文該怎麼表示呢？

❶ stir 攪拌
    Stir the flour and milk to a stiff paste. 攪拌麵粉和牛奶成黏稠的糊狀。

❷ fry 油煎，油炸，油炒
    Let me fry some eggs for my breakfast. 讓我煎蛋當早餐吃。

❸ grill （用烤架等）烤
    I grilled the steak for 30 minutes. 我烤了這塊牛排 30 分鐘。

❹ mash 把…搗成糊狀
    Mash the potatoes with a spoon. 用湯匙把馬鈴薯搗成碎泥。

❺ steam 蒸
    I am steaming a fish. 我正在蒸魚。

❻ bake 烘焙
    Bake bread and cake in the oven. 用烤箱烤麵包和糕點。

❼ cook 烹調，煮
    We cooked the chicken in the microwave. 我們用微波爐烹煮雞肉。

接電話
Who's speaking, please?
請問您哪位？

Q一下馬上聽

47.mp3

　　一般接到電話的時候都是以「Hello!」來應話。如同我們中文接到電話時也是這麼說「喂！」，接著問「Who's speaking, please?」表示「請問您哪位？」。

　　這句話還可以這麼說，例如：

Who's calling, please?　請問你是誰？

Who is this, please?　請問你是誰？

　　有時候孩子正看電視看得入迷，媽媽又在忙無法接電話，媽媽就可以說：

Can you answer the phone for me?　可以幫我接一下電話嗎？

　　那麼孩子該怎麼跟對方說媽媽很忙沒辦法接電話呢？嗯，這句話我們就可以說「I'm sorry, she's busy at the moment. 很抱歉，她現在很忙無法接電話。」

Conversation 英語對話親體驗

Hello, I'm sorry for calling this late. May I (speak) to Peter?

電話中想找某人「講話」用「speak」

哈囉，很抱歉這麼晚還打電話打擾。我想找彼得講話。

I'm sorry. He's not in (right now.)

我很抱歉，他現在不在喔。

「現在」，也可說「at the moment」

When is he coming back?

他什麼時候回來呢？

在這裡有推測的意思，指「可能」、「應該」

He (should) be back in ten minutes. Could you call back later?

他應該十分鐘後就回來了。你可以待會再打來嗎？

★ call back 意思是「打回來」，通常是指「再打電話」的情況。

I'll call again in thirty minutes.

那我三十分鐘後再打過來。

★ call 有「打電話」的意思，所以 call again 則是「再打一次電話」囉！

爸媽接到找小朋友的電話時可以這樣回答！

I'm sorry. **He's not in** right now.

我很抱歉，他現在不在喔。

　　「他不在」還可以這麼說，「He's out now.」表示「他外出喔。」

Could you **call back** later?

你可以待會再打來嗎？

　　也可以詢問他有什麼重要的事情可以轉達，例如說「Do you have a message?」，意思是「你有什麼訊息要轉達嗎？」或者說「I'll tell him to call you back.」，意思是「我會叫他回電話給你。」

改成 early 的話就可表示「很抱歉這麼早打來，打擾了」

I'm sorry for calling this (late).

很抱歉這麼晚還打電話打擾。

　　下一句則可以說「I hope I'm not disturbing you.」表示「希望沒有打擾到你。」「disturb」是指「打擾」的意思。

小朋友，打電話給朋友的時候可以練習一下英文！

禮貌的詢問用「may」

(May) I speak to Peter?

我想找彼得講話。

　　更正式的說法可以說「I'd like to speak to Peter, please.」，意思是「我想找彼得講電話」。另外如果很熟的朋友之間則可以用較為輕鬆的說法如「Is Peter there?」，意思是「彼得在嗎？」。

Phrase&Idiom 片語格言輕鬆說

Give me a ring. 打個電話給我。

　　這句話也可以直接翻譯為「給我個電話。」，如果說「Give me a ring someday next week.」則表示「下禮拜打個電話給我。」，另外「I'll give you a ring.」則表示「我會給你電話」。在這些句子裡，也可以將「ring」改成「call」都是指「打電話」的意思！

Vocabulary 活學活用

★ busy [`bɪzɪ] 形 忙碌的

★ call back 片 收回；回電

★ disturb [dɪs`tɝb] 動 妨礙；打擾

★ expect [ɪk`spɛkt] 動 預期；期待

★ hello [hə`lo] 感

　　（用以打招呼或喚起注意）喂，你好；哈囉

★ hope [hop] 動 希望；盼望

★ message [`mɛsɪdʒ] 名 訊息；消息

★ phone [fon] 名 電話

★ right now 片 就是現在

★ ring [rɪŋ] 名

　　鈴聲；（口語化則可以表示）打電話

★ when [hwɛn] 副

　　（用作疑問副詞）什麼時候，何時

找東西
I can't find my purse.
我找不到我的錢包。

I can't find... (我找不到…)

這句話還可以這麼說「I lost my purse.」表示「我弄丟了我的錢包。」或者說「My purse was gone.」，意思是「我的錢包不見了」。我們也可以說「I'm looking for my purse.」，意思是「我在找我的錢包」。「look for」是指「尋覓」，也可以用來做「希望得到」的意思。

I **can't find** my purse 我找不到我的錢包。
I **lost** my purse. 我弄丟了我的錢包。
My purse **was gone**. 我的錢包不見了。

找東西時我們也可以說：
I'm **looking for** my purse.
我在找我的錢包。

Conversation 英語對話親體驗

另外,「皮夾」是「wallet」,「手提包」是「bag」

Peter, have you seen my purse?
彼得,你有看到我的錢包嗎?

也可以用 found 表示「沒有找到」

No, mom. I haven't seen it.
沒有,媽。我沒看到。

是指「奇怪的,不可思議的」的意思

That's strange. It should be on the desk.
那真是奇怪。它應該是放在桌子上的。

Mom, did you try the basket on your bicycle?
媽,妳有找過妳腳踏車上的籃子嗎?

★ basket 是指「籃,簍」的意思。像是「basket + ball = basketball」就是「籃球」囉!很有意思吧!

Not yet. Let me see.

「let」後面要用原形動詞喔

還沒,我去看看。

★ Not yet 可以直接翻譯為「還沒」的意思。

你有看到我的新衣服嗎?

No, I didn't see it.

聰明的人才看得到!

Plus plus 也可以這樣說

爸媽在找東西時可以這樣問小朋友喔！

see 的三態變化 see - saw - seen

Have you seen my purse?

你有看到我的錢包嗎？

　　這句話也可以這麼說，「Did you see my purse?」表示「你剛剛有沒有看見我的錢包？」，「Have you seen...?」則是指從錢包不見的那一刻起，問對方有沒有看見。

還可以用「weird」來表示喔

That's strange.

那真是奇怪。

　　如果是令人感到有種恐怖的感覺，可以說「That's creepy.」，意思是「那還真讓人毛骨悚然」。如果是讓人感到害怕，則是說「That's scary.」，意思是「真是讓人害怕。」

小朋友，可以這樣回答爸媽喔！

It should be on the desk.

它應該是放在桌子上的。

　　這句話表示假設說法，如果是肯定的則說「It's on the desk.」表示「在桌子上。」假設說法還可以說「Maybe it's on your desk.」，意思是「可能在你的桌子上也說不定。」

「try」是指「試試看」的意思，例如「Try it again.」表示「再試一次」

Did you try the basket on your bicycle?

妳有找過妳腳踏車上的籃子嗎？

　　「try」是指「試試看」的意思，例如「Try it again.」表示「再試一次。」，在這句句子裡則是表示「你有試過你的籃子嗎？」，意思是「你試過找找看你的籃子嗎？」。

294

Phrase&Idiom 片語格言輕鬆說

Calm down and think carefully. 冷靜下來仔細想想。

　　找不到東西的時候，常常容易慌張，無法靜下來仔細想想到底將東西放在哪裡了！「calm down」就是表示「冷靜下來」的意思。所以，當我們找不到東西時可以這麼說「Calm down and think about it clearly.」表示「冷靜下來清楚的想一想。」

Calm down and think carefully.

Vocabulary 活學活用

★ bag [bæg] 名 旅行袋；手提袋

★ basket [`bæskɪt] 名 籃；簍

★ bicycle [`baɪsɪk!] 名 腳踏車，自行車

★ calm down 片 鎮定下來；冷靜下來

★ carefully [`kɛrfəlɪ] 副 小心謹慎地；仔細地

★ creepy [`kripɪ] 形 令人毛骨悚然的

★ gone [gɔn] 形 遺失了的

★ look for 片 尋覓；希望得到

★ lost [lɔst] 形 弄丟的，遺失的

★ purse [pɝs] 名 錢包；（女用的）手提包

★ strange [strendʒ] 形 奇怪的，奇妙的

★ wallet [`wɑlɪt] 名 皮夾；錢包

★ weird [wɪrd] 形 奇特的，不可思議的

園藝
I plan to grow some roses in the yard.
我打算在院子裡種一些玫瑰。

I plan to... (我打算⋯)

　　栽種植物的英文可以用「plant」，例如「My mom planted a lot of flowers in our garden.」，意思是「我媽在庭院裡種了很多的花」。也可以用「seed」這個單字喔！「seed」作為名詞使用是指「種子」的意思，另外作為動詞用則是「在⋯播種」的意思。

　　像是「grow」這個單字則是表示「成長，生長」的意思，也可以用來表示「種植，栽培」植物蔬菜等等喔！

The fields have been **seeded** with sunflowers. 田裡播種了向日葵。

We **grow** plants and vegetables in our garden.

我們在庭院裡栽種了植物和蔬菜。

你不能出現在這裡，「grow up」只能用在人！

grow 用在植物喔，看，我發芽了！

Conversation 英語對話親體驗

「嚐起來」的意思，後面接形容詞

 These vegetables (taste) very sweet.

這些蔬菜吃起來真甜美可口。

也可以用「grew」，「種植，栽培」的意思

 Sure, I (planted) them. They're organic.

當然，我種的。它們是有機的喔。

在這裡當動詞用，當作名詞
則是「植物，農作物」

 Really? Dad, how do you know how to (plant) organic vegetables?

真的嗎？爸，你怎麼知道怎麼種有機蔬菜啊？

 Well, it's a secret.

嗯，這是祕密。可以解釋為「說嘛」、「別這樣嘛」等等，是我們日常生活中常用的話喔！

 Dad, (come on!) Just tell me.

爸，別這樣，快告訴我啦。

★ come on 是一句我們常聽見的片語口頭禪，可以表示「別這樣嘛！」

這是「名詞子句」的用法喔

這些豆子為什麼值錢？

Sure, I planted it. It's organic.

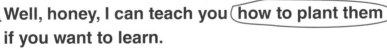 **Well, honey, I can teach you (how to plant them) if you want to learn.**

嗯，親愛的，我可以教妳怎麼種植如果妳想學的話。

Plus plus 也可以這樣說

Sure, I planted them.

當然，我種的。

　　已經長滿的雜草則可以用「grown」來表示，「grown」是「grow」的過去分詞，「The garden is fully grown with weeds.」，意思是「花園裡已經雜草叢生了」。

爸媽可以用這句和小朋友炫耀一下！

These vegetables taste very sweet.

這些蔬菜吃起來真甜美可口。

　　「The meat tastes delicious.」，意思是「這個肉的味道嚐起來真美味」。

How do you know how to plant organic vegetables?

你怎麼知道怎麼種有機蔬菜啊？

　　這一句問句是由兩句句子組成，「How do you know」＋「How to plant」來表示「你如何知道」＋「如何栽種」。例如對話中的最後一句「I can teach you how to plant them if you want to learn.」也是由「I can teach you」＋「how to plant them」＋「if you want to learn」，三句句子組成「我能教你」＋「如何種植」＋「如果你想學的話」。

小朋友，可以這樣跟爸媽說喔！

Come on! Just tell me.

別這樣，快告訴我啦。

　　「Come on!」是個片語，有「來嘛！」「別這樣嘛」的意思，字面上則是表示「跟著來」的意思。

Phrase&Idiom 片語格言輕鬆說

The grass is always greener on the other side.
別人的東西總是看起來比自己的好。

　　如果照句子的意思來翻譯是「對面的草坪總是比自己家的綠」。當然這句話就表示著「別人家的東西看起來總是比自己的好。」囉！

Vocabulary 活學活用

★ a lot of 片 許多

★ field [fild] 名 原野，田地，牧場

★ flower [`flaʊɚ] 名 花，花卉

★ garden [`gɑrdn̩] 名 花園，菜園，果園；庭院

★ grass [græs] 名 （青）草，牧草；草地，草坪

★ grow [gro] 動 種植；栽培

★ organic [ɔr`gænɪk] 形 有機體的

★ plan [plæn] 動 計畫；打算

★ plant [plænt] 動 栽種；播種

★ rose [roz] 名 玫瑰花；薔薇花

★ seed [sid] 動 在…播種

★ sunflower [`sʌn͵flaʊɚ] 名 向日葵

★ teach [titʃ] 動 教，講授；訓練

★ yard [jɑrd] 名 庭院；院子

Plants 植物單字怎麼說

小朋友會不會常常和爸爸媽媽一起去公園散步運動呢？有沒有注意到公園裡有許多的花花草草和昆蟲、蝴蝶？我們快來看看下面的這個花園裡有些什麼東西！

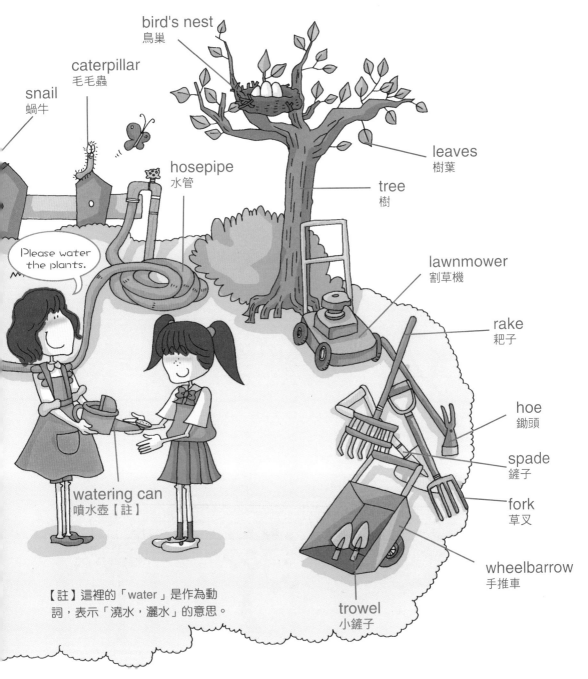

bird's nest
鳥巢

caterpillar
毛毛蟲

snail
蝸牛

leaves
樹葉

hosepipe
水管

tree
樹

Please water the plants.

lawnmower
割草機

rake
耙子

hoe
鋤頭

spade
鏟子

fork
草叉

watering can
噴水壺【註】

wheelbarrow
手推車

【註】這裡的「water」是作為動
詞，表示「澆水，灑水」的意思。

trowel
小鏟子

哇，好多好漂亮的花花草草喔！
這些花草樹木的名稱你知道怎麼說嗎？

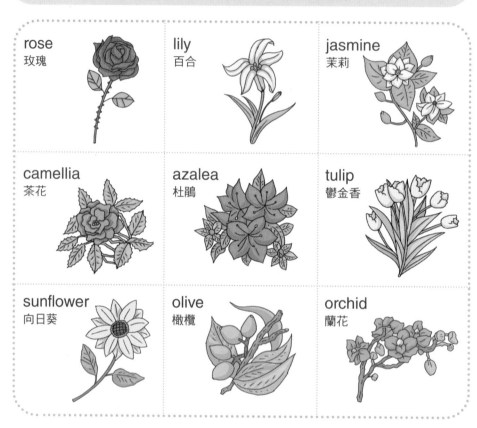

rose
玫瑰

lily
百合

jasmine
茉莉

camellia
茶花

azalea
杜鵑

tulip
鬱金香

sunflower
向日葵

olive
橄欖

orchid
蘭花

在台灣常見的樹木有：

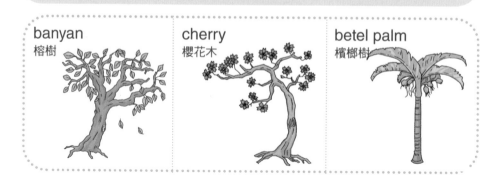

banyan
榕樹

cherry
櫻花木

betel palm
檳榔樹

302

Act 9
休閒娛樂

SCENE 50 寵物

SCENE 51 休閒時間

SCENE 52 閱讀

SCENE 53 玩遊戲

SCENE 54 團康活動

SCENE 55 運動

SCENE 56 過聖誕節

寵物
Can I keep a pet?
我能養寵物嗎？

Q一下馬上聽

50.mp3

Can I...（我能…嗎？）

「Can I keep a pet?」表示「我能養寵物嗎？」，這裡的「keep」是指「撫養，飼養」的意思，也可以用來表示「整理，料理」的意思喔！

如果孩子真的很想養寵物，媽媽則可以問問孩子，他／她能不能做到下列的事項呢？例如「Will you feed the dog?」，意思是「你會幫忙餵狗嗎？」。「feed」是指「餵食」的意思。或者問「Will you take the dog for a walk?」表示「你會幫忙帶狗去散步嗎？」。

Can I **keep a pet?** 我能養寵物嗎？

My mom **keeps the house.** 都是我媽媽在整理家務事。

Please give the dog some food. 幫忙給狗餵一點食物。

「keep + 寵物」就是「養寵物」的意思喔！

Conversation 英語對話親體驗

也可以「Have you seen」來表示「你有看過～嗎？」

Mom, did you see Andy's dog?

媽，妳有看到安迪的狗嗎？

Honey, don't tell me that you want a pet dog also.

「that」引導出後面的名詞子句

親愛的，別告訴我你也想養一隻狗。

★ pet 除了指「寵物」的意思之外，也可以當動詞使用。

No, honey...

Mom, we can keep it on the balcony, right?

Mom, please. Can I have a pet dog like Andy's?

媽，拜託啦。我可以養和安迪一樣的狗嗎？

Honey, you know, we don't have enough room for a pet dog.

親愛的，你知道我們沒有地方可以養狗的。

Mom, we can keep it on the balcony, right?

媽，我們可以在陽台養牠啊，是吧？

「full of」是指「盛滿的」、「充滿的」

No, honey, the balcony is full of boxes and things. I'm sorry.

不，親愛的，陽台已經滿滿都是箱子和東西了。我很抱歉。

（我們沒有地方養狗了。）

Plus plus 也可以這樣說

和「too」一樣是「也」的意思喔

Don't tell me that you want a pet dog also.
別告訴我你也想養一隻狗。

爸媽還可以
這麼跟
小朋友們說！

「Don't tell me...」意思是「別告訴我…」，像是我們在 Scene38 學過的「Don't tell me lies.」，意思是「別對我說謊」。

The balcony is full of boxes and things.
陽台已經滿滿都是箱子和東西了。

「full of」用來形容「充滿的」的意思，例如說「The room is full of young people.」，意思是「房間裡都是年輕人。」而「箱子裡都裝滿了玫瑰。」這句話則可以說「The box is full of roses.」。

想要養寵物
的小朋友可以
用英文和爸媽
商量喔！

Can I have a pet dog like Andy's?
我可以養和安迪一樣的狗嗎？

聽到孩子這麼說，大部分的時候媽媽都會這麼回答吧！「We don't have room for a pet dog.」，意思是「我們沒有地方可以養狗」。

養魚養鳥則需用「rear」來表示喔

We can keep it on the balcony, right?
我們可以在陽台養牠啊，是吧？

「We can have a dog.」，意思是「我們可以有一隻狗」。寵物如果是魚或鳥，可以這麼說「My cousin rears three birds.」，意思是「我表哥飼養了三隻鳥」。

Phrase&Idiom 片語格言輕鬆說

Every dog has his day. 每個人都有走運的時候。

　　如果把這句話直接翻譯，則是「每一隻狗都有他的一天」。意思是每個人都會有好運的時候，當然也可以這麼說「Everyone gets lucky sometimes.」。或者說「Everyone has good days.」。

Vocabulary 活學活用

★ also [`ɔlso] 副 也，亦；還

★ balcony [`bælkənɪ] 名 陽台；露台

★ dog [dɔg] 名 狗

★ feed [fid] 動 餵（養）；飼（養）

★ full of 片 盛滿；裝滿…

★ keep [kip] 動 撫養，飼養；持有，保有

★ pet [pɛt] 動
　　把…當作寵物（作為名詞則表示「寵物」）

★ place [ples] 名 地方，地點

★ take a walk 片 散步

★ thing [θɪŋ] 名 物，東西

SCENE 51

休閒時間

What are you going to do in the afternoon?

下午你要做什麼？

　　平常週末的休閒時間，爸媽可以問問孩子有沒有想要做什麼？全家人可以一起討論週末要去哪裡玩，去哪裡走走！「What are you going to do in the afternoon?」，意思是「下午你有要做什麼嗎？」。在句子裡「what are you going to ~」，意思是「你有打算要～嗎？」的意思喔！

　　或者也可以這麼問，「Do you want to go out with me?」，意思是「你要不要和我出門啊？」是邀請孩子一起出門玩的方法喔！

What **are you going to do** in the afternoon?　下午你要做什麼？
Do you want to **go out with me**?　你要不要和我出門啊？
Any plans for this afternoon?　今天下午有沒有任何計畫啊？

Conversation 英語對話親體驗

Jenny, what are you going to do tomorrow morning?

嘿，珍妮，明天早上妳要做什麼？

> idea 表示「主意、打算、計畫」等等意思喔

I don't know yet. What's your (idea,) Dad?

我還不知道。爸，你有什麼想法？

★ 還記得「That's a good idea.」嗎？意思是「那真是個好主意」！

> 「我正在想」的意思，
> 是現在進行式的用法

I'(m thinking) of taking you and Peter swimming. What do you think?

我在想帶妳和彼得去游泳。妳覺得呢？

> 「it」可以用來表示天氣和
> 時間，前面的章節有提過喔

你想幹什麼？！

Swimming in the winter is good for your body.

Dad! (It) 's cold now!

爸，現在很冷耶！

★ cold 是指「冷的，寒冷的」。參考天
氣寒冷的說法在 Scene31 裡有提到
喔！「冷」還可以用「cool」或是
「chilly」來代替喔！

> 動名詞(Ving)開頭當主詞，be 動詞要用單數形

But (swimming) in the winter (is) good for your body. Believe me.

但是在冬天游泳對身體很好。妳得相信我說的。

★ believe 是指「相信，信任」的意思。

Plus plus 也可以這樣說

爸媽有什麼計畫時可以跟小朋友這麼說！

What are you going to do tomorrow morning?

明天早上妳要做什麼？

　　同樣的句型，我們也可以說「what are you going to buy for tomorrow's party?」，意思是「明天的派對你打算買什麼？」。「What are you going to ~」是很好用的句型喔！

What do you **think**?

妳覺得呢？

　　這一句話和「How do you feel?」不一樣的是，「How do you feel?」主要是問個人的「感覺」，而「What do you think?」主要是問個人的「看法」，所以你也會聽到有人這麼說「How do you feel and what do you think?」。

小朋友，你可以用以下句子來回答喔！

I don't know yet.

「尚未、還」的意思，通常用在否定句

我還不知道。

　　這句話在對話中表示孩子還沒有任何計畫去哪裡玩。當然也可以這麼說「I haven't decided where to go.」，意思是「我還沒決定去哪裡」。或者說「I have no idea.」來表示「我沒有任何想法」。

也可以問「What's your plan?」表示「你的計畫是什麼？」

What's your **idea**?

你有什麼想法？

　　還可以這麼問「What's your suggestion?」或者是「What do you suggest?」表示「你有什麼建議呢？」。

310

All work and no play makes Jack a dull boy.
只有工作，沒有娛樂，會使人愚笨。

Jack 是男孩子的名字，但一般是指「某個人」而言，「dull」則是「笨的，愚鈍的」的意思。所以如果這句話直接翻譯的話，則表示「只有工作，沒有娛樂會使某個人變成一個愚鈍的男孩」。簡單的說，就是「只叫小孩唸書，不讓他玩，會使小孩子變得愚鈍」。

All work and no play makes Jack a dull boy.

Vocabulary 活學活用

★ believe [bɪ`liv] 動 相信；信任

★ cool [kul] 形 涼快的

★ dull [dʌl] 形 愚鈍的，笨的

★ run [rʌn] 動 跑，奔；跑步

★ suggest [sə`dʒɛst] 動 建議，提議

★ swimming [`swɪmɪŋ] 名 游泳

★ winter [`wɪntɚ] 名 冬季；冷天

★ yet [jɛt] 副（用於否定句）還（沒）

Hobbies 嗜好單字怎麼說

barbecue
烤肉（餐會）

camping
露營

hiking
健行

mountain climbing
爬山

cooking
烹飪

dancing
跳舞

drawing
繪畫

picnic 野餐

fishing
釣魚

band 樂團

singing
唱歌

stamp collecting
集郵

trip 旅行

hobby 嗜好

chess 西洋棋

card 紙牌

comic 漫畫

computer game
電腦遊戲

doll 洋娃娃

kite 風箏

movie 電影

painting
繪畫（著色）

game 遊戲

toy 玩具

Internet
網路

travel
旅行

cartoon 卡通

drama 戲劇

film 影片

novel 小說

puzzle 拼圖

reading 閱讀

閱讀
What are you reading?
你在讀什麼？

Q一下馬上聽

52.mp3

　　書可以分為很多的類別，像是：「fiction」小說和「non-fiction」非小說類。或者是「children's books」童書類、「romance」愛情類及「science」科學類，還有孩子最愛的「comic books」漫畫書。小小孩最喜歡的「繪本」則可以說「picture books」。

　　問孩子喜不喜歡看書，可以這麼問「Do you like reading books?」意思是「你喜歡看書嗎？」或者問「Which book do you like?」來表示「你喜歡看哪一本書？」喔！

What **are you reading**?　你在讀什麼？

Do you like **reading books**?　你喜歡看書嗎？

Which book do you like?　你喜歡看哪一本書？

Conversation 英語對話親體驗

「做了～了嗎？」的意思

Jenny, (did you do) your readings?

珍妮，妳把妳要看的書看了沒？

★ reading 是指「閱讀」或者是指「讀物，閱讀材料」等意思。

That's my good boy.

爸，我撿到100元！

「already」的意思是「已經」，強調「完成」的結果

Yes, dad. I (already) finished the book that you gave me.

是的，爸。我已經把你給我的書看完了。

★ gave 是「give」的過去式喔！

他背後還有東西！

That's my good girl. So, what's your favorite story?

這才是我的好孩子。所以，妳最喜歡哪一個故事呢？

Hmm… I liked the story where a hero died to (protect) his hometown.

嗯…我喜歡有一篇故事說一位英雄為了保護他的家鄉而戰亡了。

「protect」是「保護」的意思，動詞

★ hero 是指「英雄」也可作為「勇士」的意思！

「sad」是指「傷心，難過」的意思，「tragedy」則是「悲劇」的意思

Really? That sounds like a (sad) story.

真的？那聽起來似乎是個悲傷的故事。

★ sound 作為名詞是「聲音」的意思。作為動詞則是「聽起來」的意思！在 Scene46 裡有清楚的解釋喔！

Plus plus 也可以這樣說

動詞「read」加上 ing 就變成名詞，「讀物」的意思，很簡單吧！

Did you do your readings?

妳要看的書看了沒？

我們也可以說「Did you do your homework?」，意思是「你回家作業做了沒？」。

父母親要多鼓勵小朋友閱讀課外讀物！

That sounds like a **sad story**.

那聽起來似乎是個悲傷的故事。

最有名的悲劇作品，就是莎士比亞（Shakespeare）的四大悲劇文學作品！我們可以說「One of the bes-known tragedies is Shakespeare's *Hamlet*.」，意思是說「最有名的悲劇之一就是莎士比亞的《哈姆雷特》」。

可以改成「I'm done with ~」，表示「我完成~了」

I already finished the book that you gave me.

我已經把你給我的書看完了。

「you gave me」是表示「你已經給我了」，「gave」是「give」的過去式。

小朋友，想要分享故事書的內容可以這麼說！

I liked the story where a hero died to protect his hometown.

我喜歡有一篇故事說一位英雄為了保護他的家鄉而戰亡了。

這句話是由兩個子句所組成，「I like the story（我喜歡那個故事）」+「where a hero died to protect his hometown（一位英雄為了保護他的家鄉而戰亡了）」。

Phrase&Idiom 片語格言輕鬆說

Don't judge a book by its cover.
不要從外表去判斷一個人。

　　直接翻譯這句話的意思是「不要從封面去判斷一本書。」是指「不要只看外表就下判斷」囉！換句話說，「Never judge something by its looks.」，意思是「不要看外表判斷某樣東西（某個人）」。當然這句話的另一個涵義也包括了「Appearances are deceiving.」，意思是「外表是不可靠的」。

Don't judge a book by its cover.

Vocabulary 活學活用

★ appearance [ə`pɪrəns] 名 外貌，外觀；外表

★ comedy [`kɑmədɪ] 名 喜劇

★ comic book 片 漫畫書；連環圖畫冊

★ cover [`kʌvɚ] 名 （書的）封面，封底

★ deceiving 形 欺騙，矇蔽

★ die [daɪ] 動 死

★ fiction [`fɪkʃən] 名 （總稱）小說

★ hero [`hɪro] 名 英雄；勇士

★ hometown [`hom`taʊn] 名 家鄉；故鄉

★ judge [dʒʌdʒ] 動 判斷；斷定

★ knowledge [`nɑlɪdʒ] 名 知識，學問

★ non-fiction 名 非小說

★ one of the best known 片

　其中最為人知的，其中最有名的

★ picture book 片 繪本；圖畫書

★ protect [prə`tɛkt] 動 保護；防護

★ reading [`ridɪŋ] 名 閱讀；讀物

★ romance [ro`mæns] 名

　傳奇小說；愛情小說

★ science [`saɪəns] 名 科學；自然科學

SCENE 53

玩遊戲

Go play with your friends.

去和你的朋友一起玩吧。

53.mp3

　　現在的孩子大部分的遊戲都是電腦網路遊戲、手機或平板的遊戲，不然就是桌遊，或是外出去打球、運動，不像是以前的我們會發明很多的小遊戲！

　　看見孩子無聊的在那裡不知道要做什麼時，媽媽可以問：

Do you want to **play a game**? 你想不想玩遊戲？
What game do you want to play? 你想要玩什麼遊戲？

當然也可以要孩子去找朋友玩：

Go play **with your friends**. 去和你的朋友一起玩吧。

另外，還有其他的說法表示邀請對方一起加入遊戲：

Do you **want to play**? 你想一起玩嗎？
Do you want to **join us**? 你要加入我們嗎？

Conversation 英語對話親體驗

也可以用「done」

Dad, I've finished my homework

爸，我把功課做完了。

★ I've finished 這句話表示「我已經完成」的意思。

也可以說「Let's go play games.」

Well, what game do you want to play?

嗯，妳想要玩什麼遊戲呢？

可以換成其他遊戲名稱，前面不加 the，要記住喔

Do you want to play poker?

你想要玩撲克牌嗎？

Do you know how to play it?

妳知道要怎麼玩嗎？

★ 這句句子可是由兩個問句組成的哦！你發現了嗎？「do you know」+「how to play it」來表示「你知道嗎」+「怎麼玩」。

Do you want to play poker?

I'll teach you.

我來教你。

★ I'll 是 I will 的縮寫，will 表示「將，會」的意思哦！

可以換成「tell」表示「告訴我怎麼玩這個遊戲」

O.K. Teach me how to play the game.

好啊，妳教我怎麼玩這個遊戲吧。

Plus plus 也可以這樣說

What game do you want to play?

妳想要玩什麼遊戲呢？

　　想換遊戲玩時，也可以說「Let's play something else.」表示「我們玩別的遊戲吧」。「再玩一次」則是說「Let's play again.」。

Do you know how to play it?

妳知道要怎麼玩嗎？

　　另外也可以這麼說「Do you want to play it again?」意思是「你想要再玩一次嗎？」。

功課「做完了」所以要用完成式的時態喔

I 've finished my homework.

我把功課做完了。

　　「I've finished」是表示「我已經完成」的意思，這一句話還可以這麼說「I've done my homework.」也表示「我已經完成我的功課了」。

Do you want to play poker?

你想要玩撲克牌嗎？

　　撲克牌這遊戲是最普遍的遊戲了！孩子可以學這一句喔！常常我們會輪流丟牌，可以這麼說「Whose turn is it?」意思是「輪到誰了？」。

Phrase&Idiom 片語格言輕鬆說

Don't be so... 不要這麼…

　　孩子常常很調皮，要孩子別那麼淘氣該怎麼說呢？「naughty」是指「不聽話的、頑皮的」的意思。所以「Don't be so naughty.」就是「不要那麼調皮」的意思喔！當然還可以這麼說「Don't do such naughty things.」，意思是「別做那麼調皮的事情」，或者說「Don't be so bad.」，意思是「不要那麼壞」。

Don't be so naughty.

Vocabulary 活學活用

★ card [kɑrd] 名 撲克牌卡

★ else [ɛls] 副 其他，另外

★ hide and seek 片 躲貓貓；捉迷藏

★ join [dʒɔɪn] 動 參加；作…的成員

★ naughty [`nɔtɪ] 形 頑皮的，淘氣的

★ paper [`pepɚ] 名 紙，紙張

★ poker [`pokɚ] 名 撲克牌遊戲

★ scissors [`sɪzɚz] 名 剪刀

★ stone [ston] 名 石頭

★ tiddledywinks [`tɪdḷdɪ‚wɪŋks] 名 彈彈珠

團康活動

What's the time, Mr. Wolf?

大野狼先生，現在幾點了？

Q一下馬上聽

54.mp3

　　大家小的時候會玩的遊戲有哪些呢？例如「一二三木頭人！」等。說到「一二三木頭人！」，在英文系國家有個類似的遊戲，那就是 What's the time, Mr. Wolf?，字面上的意思是「大野狼先生，現在幾點了？」。

　　不過與「一二三木頭人！」不同的是，在玩 What's the time, Mr. Wolf? 時，那位擔任 Mr. Wolf（大野狼）的人在背對著大家時，會等待大家大聲問他這個問題：What's the time, Mr. Wolf?，接著報出數字回答大家現在幾點了。一旦報出數字時，大家可以根據該數字轉換成步數，來靠近大野狼。不過要是大野狼喊出 Dinner Time 的話，大野狼就可以轉身去抓人，被抓到的人就會成為下一個大野狼。

What's the time?
現在幾點了？

What time is it?
現在幾點了？

Do you **have the time**?
現在幾點了？

Conversation 英語對話親體驗

What ＋be 動詞＋主詞＋going to 是表示「打算／將要做～」的意思

Mr. John! What are we going to play?

約翰老師！我們要玩什麼遊戲呢？

★ play 是「玩」的意思，還有「彈奏（樂器）」的意思。

What about *What's the time, Mr. Wolf?*

來玩「大野狼先生，現在幾點了？」這個遊戲如何呢？

Yes! Let's play this game.

好！我們來玩這個遊戲。

★ Let's 表示邀約大家一起做某件事，有「我們一起～」的意思。

will 表示「將要」，後面接原形動詞

Then I will be Mr. Wolf first, and I will stand facing the wall. Now ask me the time.

那麼我先來當大野狼先生，我會面對著牆壁。現在問我時間吧。

★ stand facing~ 是「面對～站著」的意思，facing 從原形動詞 face（面對）而來。

It's five o'clock.
五點鐘。

What's the time, Mr. Wolf?

大野狼先生，現在幾點了？

表達整點的「～點鐘」，英文用「數字＋o'clock」

It's five o'clock.

五點鐘。

★ 回答時間時，主詞要用虛主詞 it，就跟問時間（What time is it?）一樣也是用虛主詞。不過回答時間時，也可以直接報時間：Five o'clock.。

要跟孩子一起玩遊戲時可以提出想法！

What about What's the time, Mr. Wolf?

來玩「大野狼先生，現在幾點了？」這個遊戲如何呢？

　　當孩子正期待著玩遊戲卻不知道要玩什麼的時候，老師或家長可以用 What about ~?這個句型來給予孩子建議。而在~的地方替換成其他遊戲的名詞。如：「What about Hide and Seek?（來玩捉迷藏如何呢？）」、「What about Simon says?（來玩老師說如何呢？）」。

「那麼」的意思

Then I will be Mr. Wolf.

那麼我來當大野狼先生。

　　當與孩子玩「大野狼先生，現在幾點了？」、「捉迷藏」、「貓抓老鼠」還是「扮家家酒」之類的角色扮演遊戲時，因遊戲中有人會當貓或老鼠，或是當鬼，還是當醫生，此時在遊戲開始前，就可以先用「Then I will be~」這個句型來表達自己扮演的角色。如果要表達「我當鬼」時，會用 it 來表示「鬼」。如「Then I will be it.」。

小朋友也可以這樣問！

am/is/are going to 是「將要～」的意思

What are we going to play?

我們要玩什麼遊戲呢？

　　到了玩遊戲的時間卻不知要玩什麼時，可以用這句話來問問對方的想法。如果不用 going to，並把 play 變成 playing，就會是「正在做～」的意思，如 What are you playing?（你們正在玩什麼呢？）。

Let's play this game.

我們來玩這個遊戲。

　　想要邀約大家一起玩遊戲時，直接說「Let's play＋遊戲名」即可。play 是「玩」的意思，後面直接加上遊戲名。不過 play 還可以表示「彈奏（樂器）」和「打（球類運動）」的意思。如 play the piano 彈鋼琴（樂器前面要加上 the），play baseball 打棒球。

Phrase&Idiom 片語格言輕鬆說

a lone wolf 孤僻者；不合群的人

　　這句話字面上的意思是「一隻寂寞的野狼」。因為狼是群居動物，所以用寂寞的野狼來表示沒有朋友，引申為「孤僻的人；不合群的人」。舉例來說：「Mr. Jordan is a lone wolf.」意思是「喬丹先生是個孤僻的人」。

Vocabulary 活學活用

★ be going to 片 打算做～；將要做～

★ wolf [wʊlf] 名 狼

★ play [ple] 動 玩；演奏；進行球類運動

★ will [wɪl] 助 將要

★ What about 片 ～如何呢？

★ first [fɝst] 副 先；首先

★ stand [stænd] 動 站著

★ wall [wɔl] 名 牆壁

★ face [fes] 動 面對

★ ask [æsk] 動 問

★ o'clock [ə`klɑk] 副 ～點鐘

★ lone [lon] 形 孤單的

運動
Let's go exercise.
我們去運動吧。

邀請孩子一起去運動的說法，爸爸媽媽可以這麼說喔！「Let's go exercise.」意思是「我們一起去運動吧」。或者說「Do you want to play basketball tomorrow?」表示「明天想去打籃球嗎？」

Let's **go exercise**. 我們一起去運動吧！

Do you want to **play basketball** tomorrow?
明天想去打籃球嗎？

如果爸爸想去騎腳踏車，則可以說：

I'd like to **ride a bicycle**. 我想去騎腳踏車。

然後可以問孩子們：

Do you want to join me? 要不要一起去？

Conversation 英語對話親體驗

Jenny, you're too lazy. You should do some exercise. See, you're getting fat.

珍妮，妳太懶惰了。妳應該去做一些運動的。妳看妳越來越胖了。

★ 「should」這個字出現在許多的句子裡，是表示推測、期待或是責任的「該，應當」的意思。

Dad, it's raining outside.

爸，外面在下雨耶。

★ outside 是「外面」，相反的 inside 是「裡面」的意思喔！

是指「理由，藉口」的意思

That is your (excuse.)

那是妳的藉口。

★ excuse 也可以表示「原諒」喔！例如說「excuse me!」就是指「原諒我」喔！

這裡的「will」表示「將」的意思

All right, all right, I (will) go swimming with Peter this afternoon.

好啦，好啦，我和彼得今天下午會去游泳啦。

★ with 這個字一直都有出現，意思是「與…一起」喔！

Not just today. Go exercise every day!

不是只有今天，是每天都要運動。

Plus plus 也可以這樣說

「too」有「太」「過於」的意思

You're (too) lazy.

妳太懶惰了。

「lazy」這個字表示「懶惰的」的意思,是在 Scene23 有出現過的表達喔!「too lazy」是指「太懶惰了」。

爸媽要小朋友們多運動時可以這麼說!

動詞要用「do」

You should (do) some exercise.

妳應該去做一些運動的。

「exercise」是指「運動,鍛鍊」也可以做為「練習,習題」等意思。「練習」還可以用「practice」來表示,例如說「I don't think you practice enough.」,意思是「我認為你練習得不夠」。

That is **your excuse**.

那是妳的藉口。

常常我們會聽到「Excuse me!」,字面意義是「原諒我」的意思。不過這句話可以是「對不起」或是「借過」的意思喔!

小朋友,想去哪裡做什麼事可以這樣表達喔!

with 表示「和~人」

I will go swimming (with) Peter this afternoon.

我和彼得今天下午會去游泳啦。

媽媽可以對孩子說「It keeps you healthy if you go swimming every day.」,意思是「如果你願意每天去游泳,它能讓你保持健康」。

Phrase&Idiom 片語格言輕鬆說

Practice makes perfect. 熟能生巧

　　「perfect」是指「完美」的意思，這句話是說任何事情只要不斷的練習，自然就可以很熟練，也就是熟能生巧囉！另外「Where there's a will, there's a way.」，意思是「只要有堅強的意志，任何困難都可以克服」的意思喔！

Vocabulary 活學活用

★ badminton [`bædmɪntən] 名 羽毛球

★ ball catching 片 接球遊戲

★ bicycle riding 片 騎腳踏車

★ excuse [ɪk`skjuz] 動 原諒；辯解，成為…的理由

★ excuse me 片 對不起

★ exercise [`ɛksə͵saɪz] 名

　運動，鍛鍊；練習，習題

★ fat [fæt] 形 肥胖的

★ healthy [`hɛlθɪ] 形 健康的；有益於健康的

★ mountain hiking 片 爬山

★ perfect [`pɝfɪkt] 形 完美的；理想的

★ practice [`præktɪs] 名 練習，實習；訓練

★ roller skating 片 輪式溜冰

★ will [wɪl] 助 （表示單純的將來）將；要，願

Sports and Exercises 運動單字怎麼說

運動真是一件很棒的親子娛樂呢！爸爸媽媽與孩子常常一起去運動，除了可以讓心情很快樂還可以讓身體很健康喔！

像是我們平常會做的運動有

basketball 籃球	baseball 棒球	jogging 慢跑
tennis 網球	swimming 游泳	badminton 羽毛球
climbing 爬山	karate 空手道	cycling 騎自行車

詢問別人會什麼樣的運動時該怎麼問呢？

What kind of sports do you like?　你喜歡什麼樣的運動？
I like to play _____.　我喜歡打_____。

不過，如果是喜歡慢跑、爬山這樣的運動則要用「go」喔！
I like to go _____.　我喜歡去_____。

你喜歡看體育台嗎？在歐美國家有許多運動比賽是台灣沒有的喔！
像是摔角、滑雪、橄欖球等等，都是國外刺激又有趣的運動！
透過電視轉播真是看得大快人心呢！

詢問別人會不會某項運動時應該怎麼問呢？

Do you play _____?　　　　你打_____嗎？
No, I just like to watch.　　　　不，我只喜歡看而已。

說自己是某項運動的迷又該怎麼說呢？

I'm a baseball fan.　　　　　　我是個棒球迷。

rowing 賽艇運動　　　　gym 體操　　　　football 美式足球

riding 騎馬　　　　dance 跳舞　　　　ice-skating 溜冰

cricket 板球　　　　archery 射箭　　　　sumo wrestling
相撲摔角

過聖誕節
What did you get for Christmas?
你得到什麼聖誕禮物呢？

Q一下馬上聽

56.mp3

你喜歡過聖誕節嗎？聖誕節是個很有意義的節日，每到 12 月尤其是接近聖誕節時，在街道上、廣場、購物中心裡，總會出現聖誕樹以及聖誕節氛圍的禮物和裝飾品。在聖誕節的前一天，也就是聖誕夜，你是否也會偷偷在孩子床邊的聖誕襪裡塞進禮物呢？或者在家裡布置的聖誕樹下擺滿禮物？或者跟孩子一起進行交換禮物的活動呢？

當孩子收到禮物時，可以對孩子說「你的聖誕節禮物是什麼呢？」，用英文就是「What did you get for Christmas?」，並好好傾聽他們的想法。

What did you get for Christmas?　你聖誕節禮物是什麼呢？
What did you get for New Year?　你新年的禮物是什麼呢？

Conversation 英語對話親體驗

Merry Christmas, Jenny! Here is a gift (for) you.

介系詞用「for」

珍妮,聖誕節快樂!這裡有個禮物給妳。

★ Here is +名詞+ for you.,表示「這是個給你的…(某某事物)」的意思。

形容詞,表示「漂亮的」

The wrapping is (pretty.) I'll open it, then.

這個包裝好漂亮。那我要打開它了喔。

did 是過去式助動詞,後面接「原形動詞」

What (did) you (get) for Christmas?

你得到什麼聖誕禮物呢?

★ get 是「獲得」的意思。「What did +
主詞(人)+ get for +某場合/節日?」
表示「某人在某場合/節日獲得了什麼?」

pencil box 是「鉛筆盒」

It's a (pencil box.) I love it.

是個鉛筆盒。我很喜歡。

★ it's 是 it is 的縮寫,是「它是…」的意思。

The wrapping is pretty.

到底有多少個盒子?

I hope 是「我希望」的意思

I've got something for you, Peter. (I hope) you like it.

彼得,我有個東西要給你,希望你喜歡。

★ I've got something = I have got something,是「我有個(些)東西」的意思,got 是過去分詞。

always 是頻率副詞,放在動詞前

Wow! It's a soccer ball. I've (always) wanted one! Thank you so much, Mom.

哇!是足球耶。我一直想要這個。謝謝媽媽。

★ I've 是 I have 的縮寫,是表示「從以前到現在一直」的意思,I've always wanted 表示「我一直想要」的意思。

爸爸媽媽，送禮物時可以這樣跟孩子對話！

gift 也可以用其他名詞代替

Here is a (gift) for you.

這裡有個禮物要給你。

　　Here is...是「這裡有…」的意思。如果爸媽想要和小朋友說：「這裡有某樣東西要給你。」，就可以用這個句型，把 gift 換成其他東西即可。例如「我有枝鉛筆要給你」就可以說：「Here is a pencil for you.」，非常實用。

Christmas gift 也可以換用其他事物代替

I hope you like your (Christmas gift.)

我希望你喜歡你的聖誕節禮物！

　　I hope you 是「我希望」的意思，後面接「希望對方達成的事情」，例如 I hope you win the game. 是指「我希望你贏得比賽」。是個很常見的句型。

可以用其他節日來代替 Christmas

What did you get for (Christmas?)

你得到什麼聖誕禮物呢？

　　當孩子收到聖誕禮物之後，爸爸媽媽可以用這句跟孩子對話，如果是得到一顆球，可引導孩子用英文句型「I got...」表達「I got a ball.（我得到一顆球）」。

小朋友想要打開禮物時可以這樣說！

「那麼」的意思

I'll open it, (then.)

那我要打開它了喔。

　　當孩子收到禮物那一刻先不要急著打開，爸爸媽媽可以引導孩子先用這句英文表達自己的喜悅，或是也可以用問句 Can I open the gift now?（我現在可以打開禮物嗎？）。「Can I... now?」是指「我現在能…嗎？」，是徵求對方同意的句型。例如：當你想詢問「我現在能彈琴嗎？」，英文就是「Can I play the piano now?」。can 後面接原形動詞喔。

Phrase&Idiom 片語格言輕鬆說

give the shirt off one's back 慷慨成性

　　這句話直接翻譯的話是「襯衫脫下來給別人」，形容襯衫都願意脫下來給別人，表示這個人非常大方、慷慨、願意助人，是個很有趣的一句俚語。如果要用在句子中的話，可以這樣表達「Daisy gives the shirt off her back.」，意思是「Daisy 這個人慷慨成性。」

Vocabulary 活學活用

★ get [gɛt] 動 得到

★ Christmas [`krɪsməs] 名 聖誕節

★ gift [gɪft] 名 禮物

★ wrapping [`ræpɪŋ] 名 包裝

★ pretty [`prɪtɪ] 形 漂亮的

★ open [`opən] 動 打開

★ pencil box 片 鉛筆盒

★ love [lʌv] 動 喜愛

★ something [`sʌmθɪŋ] 代 某事物

★ hope [hop] 動 希望

★ like [laɪk] 動 喜歡

★ soccer ball 片 足球

★ always [`ɔlwez] 副 總是

★ want [wɑnt] 動 想要

★ give [gɪv] 動 給予

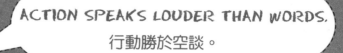

ACTION SPEAKS LOUDER THAN WORDS.
行動勝於空談。

Act 10
視聽娛樂

SCENE 57 電腦

SCENE 58 電影

SCENE 59 看電視

SCENE 60 看線上影片

馬鈴薯的一生

END

…是嗎？

?

It's a touching movie.

電腦
I like playing computer games. 我喜歡玩電腦遊戲。

Q一下馬上聽

57.mp3

　　孩子會藉由玩遊戲的機會，很容易就認識在網路上的陌生人呢！像是現在不論大人小孩都喜歡玩手機遊戲或是線上遊戲，或者是使用臉書、IG 更新貼文、更新照片或是聊天，不然就是在網路上看影片、看限時動態。不過如果孩子有長時間玩電腦、滑手機的習慣，要限制他們使用的時間喔！

I like playing computer games. 我喜歡玩電腦遊戲。
Online games are my **favorite** game. 網路遊戲是我最愛的遊戲。

　　關於手機或電腦有許多我們必須知道的單字，例如：螢幕「screen」、鍵盤「keyboard」、滑鼠「mouse」、手機殼「phone case」、「手機充電線」charging cable、「鏡頭」lens、無線網路「Wi-Fi」、電子信箱「e-mail box」、首頁「home page」等等。

Conversation 英語對話親體驗

那麼電視遊樂器應該怎麼說呢？
可以說「video games」

Peter, enough with your (computer games.) Go do your homework now.

彼得，電腦遊戲玩夠了吧。現在快點去讀書。

以否定的方式來表現句子也是可以的喔

(Can't I) play more?

我不能再玩一下下嗎？

如果這裡「Stop」後面接「to play」，就變成「停下你正在做的事，去玩」

No! (Stop) playing computer games!

不行！不要再玩電腦遊戲了。

Can't I play more?

丟一次就夠了…

Mom, (I'll be) finished (soon.)

「I'll be... soon」是「我很快就...」的意思

媽，我很快就結束了。

★ soon 是指「不久，很快地」的意思！像是「See you soon.」表示「很快就能再見」。

Peter, if you don't turn off your computer, then I won't allow you to play it again starting next week.

彼得，如果你不把電腦關掉，從下個禮拜，我就不讓你再玩電腦了。

★ allow 是表示「允許，准許」的意思，後面要接 to V。

Plus plus 也可以這樣說

Enough with your computer games.

電腦遊戲玩夠了吧。

爸媽要
小孩停止遊戲
時可以
這麼說！

如果孩子玩得正起勁，孩子可以說「I can't quit now！」。意思是「我現在離不開啊！」也就是他現在不能停下來的意思喔！不然他可就得輸掉遊戲了！

I won't allow you to play it again starting next week.

從下個禮拜，我就不讓你再玩電腦了。

「allow」是表示「允許」的意思，例如「He won't allow his kids to touch his computer.」，意思是「他不准許孩子動他的電腦」。

小朋友想要多
玩一下時可以
這樣回答！

Can't I play more?

我不能再玩一下下嗎？

以否定句開頭的句子「Don't you want to go?」，意思是「你不想去嗎？」不過，如果是「Didn't you want to go?」，意思就不一樣囉！是表示「你不是想去嗎？」。

I'll be finished soon.

我很快就結束了。

還有「I'll be there soon.」表示「我很快就在那裡了」。所以說，「I'll be...soon」，意思是「我很快就…」囉！另外表示某件工作快完成了，則可以說「It's nearly done.」或「It's almost done.」，意思是「它快完成了」、「差不多快做完了」。

Phrase&Idiom 片語格言輕鬆說

The sooner, the better. 愈快愈好。

　　這句話就像是中文所解釋的「愈快，愈好」。像這個問句「When should I come over? 我什麼時候過去好呢？」就可以回答「The sooner, the better. 愈快愈好囉！」。另外還有一句說法「As soon as possible.」表示「盡可能地快」。在正式的商業書信文件上，可以省略寫成 ASAP。

The sooner, the better.

Vocabulary 活學活用

★ allow [ə`laʊ] 動 允許，准許

★ computer game 片 電腦遊戲

★ e-mail box 片 電子信箱

★ home page 片 首頁

★ internet [`ɪntɚˌnɛt] 名 網路

★ keyboard [`kiˌbord] 名 鍵盤

★ more [mor] 形 更多的；附加的

★ mouse [maʊs] 名 （電腦）滑鼠

★ online game 片 網路遊戲

★ printer [`prɪntɚ] 名 印表機

★ video game 片 電動玩具

★ web site 片 網站

電影

Do you want to go to see a movie? 你想看電影嗎？

　　邀請別人一起去看電影的方式，可以怎麼說呢？例如「Do you want to go to see a movie?」表示「你想去看電影嗎？」，是很熟悉的朋友之間的問句。如果是禮貌上想邀請別人去看電影，則可以說「Would you like to go to a movie?」，意思是「你想不想去看電影？」。在這句子裡，「Would you like to...」是一種客氣的邀請，以建議的語氣來表示「你想不想…」、「你要不要…」的意思。

　　如果想回答「好啊！我想去」，可以怎麼說呢？當然是說「Sure, I'd love to.」。

Do you want to go to see a movie? 你想去看電影嗎？
Would you like to go to a movie? 你想不想去看電影？
Sure, I'd love to. 好啊！我想去。

Conversation 英語對話親體驗

Jenny, do you want to go to see a movie?

珍妮，妳想看電影嗎？

★ movie 是指「電影，影片」的意思，cinema 則是表示「電影院」的意思喔！

跟「What's playing」是相同的意思喔

What's on tonight?

今天晚上演什麼？

I want to see "Click."

我想看「命運好好玩」。

★ click 是指「喀嚓聲」。但也可以當動詞用，像是「click your mouse」，意思是「點擊一下你的滑鼠」。

…是嗎？

It's a touching movie.

Who is in this movie?

這部電影有誰演出？

「touch」是「觸摸」的意思，加上 ing 就是形容詞「感人的」

I don't know. My friend told me it was a touching movie.

我不知道。我朋友告訴我這部電影很感人。

★ touching 是指「動人的，感人的，令人同情的」的意思！例如說「a touching story」表示「一個動人的故事」。

Plus plus 也可以這樣說

Do you want to **go to see a movie**?
妳想看電影嗎？。

也可以說「Let's go see a movie!」，意思是「我們去看電影吧！」如果是買票的話，可以簡單的說「Two tickets, please.」表示「請給我兩張票」。

My friend told me **it was a touching movie**.

如果換成「boring」，就是「無聊的電影」囉

我朋友告訴我這部電影很感人。

詢問別人電影看得怎麼樣，可以說「How was the movie?」，意思是「你覺得那電影好看嗎？」。感人的話，可以說「I was moved.」或「It touched me.」。

「on」是指電影或是戲劇等等的上演

What's on tonight?
今天晚上演什麼？

還可以說「What's playing tonight?」，意思是「今晚表演什麼？」。還記得嗎，我們在 Scene43 中有提到「play」也可以是「演奏」的意思。

Who is **in this movie**?
這部電影有誰演出？

我們常說的卡司陣容非常強，可以這麼說「The cast of the play was very strong.」，意思是「這齣戲的演員陣容非常強」。「cast」就是「演員陣容」的意思。

Phrase&Idiom 片語格言輕鬆說

to go in for 愛好

　　go in for something 是指將某件事情當作自己的嗜好、興趣而投身其中。例如「What sports do you go in for?」，意思是「你愛好哪一種運動？」。另外，我們也可說「Jenny goes in for sports while I go in for a movie.」表示「珍妮愛好運動，而我則愛好看電影」。

Vocabulary 活學活用

★ boring [`borɪŋ] 形 無聊的，乏味的

★ cast [kæst] 名 班底，演員陣容

★ cinema [`sɪnəmə] 名 電影院

★ click [klɪk] 名 喀嚓聲

★ moved 形 使感動

★ movie [`muvɪ] 名 電影，影片

★ strong [strɔŋ] 形 強大的；強壯的

★ ticket [`tɪkɪt] 名 票，卷；車票；入場卷

★ touching [tʌtʃɪŋ] 形 動人的，感人的

★ while [hwaɪl] 連 而，然而

Q 一下馬上聽

59.mp3

SCENE 59

看電視

What's on TV?

有什麼節目？

常常看到好看的電視節目，都會忘了時間吃飯，忘了時間寫功課，什麼事情都給忘記了！問問有什麼節目好看的，可以這麼問「Are there any good programs on TV?」，意思是「有什麼好看的節目嗎？」或者問「What's on TV?」，意思是「有什麼節目？」。

如果沒有什麼好看的節目則可以說「No, not today.」，意思是「沒有，今天沒有好看的節目」。或者是「Nothing special.」表示「沒什麼特別的」。

小朋友如果喜歡看 YoYo TV 台，就可以問「What's on YoYo TV?」，意思是「YoYo TV 台在演什麼？」。另外，也可以直接用頻道的數字來問像是「第二十九頻道在播什麼？」的問題，英文就是「What's on Channel 29?」。

What's on TV? 有什麼節目？

Are there any good programs **on TV?**
有什麼好看的節目嗎？

No, not today. 沒有，今天沒有好節目。

Nothing special. 沒什麼特別的。

必備句型
What's on ＋ 媒體/頻道

Conversation 英語對話親體驗

表示允許、請求的助動詞，出現過很多次囉

Mom, (can) I watch TV?

媽，我可以看電視嗎？

> Mom, where is the remote? I can't find it.

> Peter, 很晚了, 把電視關掉!

> 遙控器在他 的背後!

No more today, honey.

今天不能再看了，親愛的。

★ no more 是指「不能再多了」。

Alright, mom. Should I turn off the TV right now?

好的，媽媽。我應該把電視關掉嗎？

用原形動詞開頭，為祈使句，有命令的口氣

Yes, honey. (Go) to your room, and (take) out your book. It's your reading time now.

是的，親愛的。去你的房間把書拿出來。現在是你閱讀的時間。

★ take out 表示「取出」的意思。

Mom, where is the remote? I can't find it.

媽，遙控器在哪裡？我找不到。

★ remote 是指「遙控的」意思，是「remote control 遙控器」的簡稱。也可以
以「controller」來表示。

Just go to read. I will find it, honey.

親愛的，去讀書。我來找就好。

Plus plus 也可以這樣說

「不再」的意思

No more today.
今天不能再看了。

爸媽想勸小朋友不要看太多電視時可以這樣說！

　　也可以說「You've watched enough for tonight.」，意思是「你今天晚上已經看得夠多了」。如果媽媽要規定「只能看一個小時」。可以說「Only for an hour.」。

It's your **reading time** now.
現在是你閱讀的時間。

　　這句話也可以說「It's time to read.」，意思是「是時候去看書了」。像是新聞的時間到了，可以說「It's time for the news.」表示「要播新聞了」。

Can I **watch TV**?
我可以看電視嗎？

想看電視的小朋友，可以這樣問爸媽！

　　使用肯定句的說法則是「I want to watch more TV.」，意思是「我想再多看一下電視」。

turn on 和 turn off 用於開關上，turn down 和 turn up 則用於聲音大小上

Should I turn off the TV right now?
我應該把電視關掉嗎？

　　「關掉電視」是「turn off the TV」。想轉台時則可以說「Can you switch the channel?」或是「Would you change the channel?」。如果孩子一直轉台，則可以對孩子說「Stop flipping channels.」表示「不要一直轉台」。

Phrase&Idiom 片語格言輕鬆說

No news is good news. 沒有消息就是好消息。

　　「news」這個單字，除了作「新聞」解釋之外，也可以是「消息」的意思。如上一句所提的「沒消息就是好消息」。例如當聽到「I haven't heard from Peter lately. 我最近都沒有彼得的消息」。我們就能回答「Well, no news is good news.」來表示「不過，沒有消息就是好消息啊」。

Vocabulary 活學活用

★ channel [`tʃænl] 名 頻道

★ controller [kən`trolə] 名 遙控器

★ flip [flɪp] 動 瀏覽；快速地翻書

★ loud [laʊd] 形 大聲的，響亮的

★ news [njuz] 名 新聞；報導

★ nothing [`nʌθɪŋ] 代 沒什麼；無物

★ only [`onlɪ] 副 僅僅，只，才

★ program [`progræm] 名 節目

★ remote [rɪ`mot] 形 遙控的 名 遙控器

★ special [`spɛʃəl] 形
　特別的（作名詞時則是「特別節目」的意思）

★ switch [swɪtʃ] 動 打開（或關掉）…的開關

★ take out 片 取出

★ volume [`vɑljəm] 名 音量

Films & TV programs 電影電視單字怎麼說

我們出門去看電影時，常常會問別人喜歡看哪一類型的電影，這句話該怎麼說呢？

電影分類為

romance	愛情片
action	動作片
comedy	喜劇片
science fiction	科幻片
drama	劇情片或是文藝片
historical	歷史片
western	美國西部電影
musical	音樂電影
pornography	色情電影
animator	動畫片
suspense	懸疑片
horror	恐怖片
thriller	驚悚片
adventure	冒險電影
crime	警匪電影
mystery	神秘電影
fantasy	奇幻電影
family	家庭片

電影分為四個等級喔！

General Audiences (G) 普遍級—All ages permitted 適合所有年齡

Parental Guide Suggested (PGs) 保護級—建議父母陪同觀看指導喔！

Parental Guidance (PG) 輔導級—父母要留意 12 歲以下兒童不宜觀看

Restricted (R) 限制級—18 歲以上成年人才可以看的電影喔！

除了電影有分類別之外，電視也分很多類喔！
爸爸媽媽要幫孩子篩選適合他們的電視類別喔！

電影分類為

cartoon	卡通
soap	肥皂劇
opera	歌劇
news	新聞
comedy	喜劇
sports	運動
educational program	教育節目
movie	電影
sitcom (situation comedy)	情境喜劇
documentary	紀錄節目；紀錄片
talk show	脫口秀
quiz show	智力競賽節目
commercial	商業廣告
live	現場直播
rerun	重播

現在知名的國際性節目如：

Discovery Channel　發現頻道
National Geographic　國家地理頻道

還有台灣台數最多的：

news channel　新聞頻道
home shopping channel　購物頻道

看線上影片
Which episode do you want to watch?
你想看哪一集？

Q一下馬上聽

60.mp3

以前有一段時間大家是倚賴電視機上的頻道來看電視節目的吧，現在很流行透過 YouTube 或 Netflix 來看影片，沒有時間上的限制，也方便依自己喜好選擇想看的頻道、集數。當孩子想看劇或卡通，詢問孩子想要看哪一集時，英文該怎麼說呢？那就是「Which episode do you want to watch?」。

Which episode do you want to watch?　你想看哪一集？

Which episode do you want to pick?　你想選哪一集？

另外，「集」的英文是 episode、而「季」的英文是 season，我們常會聽到別人聊起某部劇，如第一季、第二季，就是用 season 這個字，而每一季下面會有好幾個 episode。如果 episode 這個字不好記，也可以用其縮寫「EP」代替。例如第五集，英文的寫法是「EP/Episode 05」，注意數字放在後面喔。

Which season do you want to watch?
你想看哪一季？

Which film do you want to watch?
你想看哪部影片？

Dad, I want to watch *Peppa Pig*.

爸爸，我想看《佩佩豬》。

★ want 是「想要」的意思，後面接 to ＋原形動詞。

「一集」的意思　　　　　　　　　　　平台前面用介系詞 on

OK. Which (episode) do you want to watch (on) Netflix? How about this one?

好的。你想在 Netflix 上看哪一集呢？這一集如何呢？

★ want 是「想要」的意思，後面接 to ＋原形動詞。

the last 是指「最後的」

I prefer to watch the (last) episode of this season.

我比較想看這一季最後那一集。

★ prefer 是指「比較想」。season 在戲劇或卡通中常翻作「季」，而每一季下面會有好幾個 episode（集）。

果然是 Couch potato！

Why do you prefer this episode?

為什麼你比較喜歡這一集呢？

most ＋形容詞表示「最⋯」的意思

Because it is the (most) interesting of all the episodes.

因為它是所有集數中最有趣的一集。

★ it is the most ＋形容詞＋of... 是最高級的用法，表示「那是在⋯之中最～的」。

stay glued to 是「盯著一直看」的意思

OK, you can watch it now but don't (stay glued to) the screen for over an hour.

好的，你可以開始看了，不過不要盯著螢幕超過一個小時喔。

Plus plus 也可以這樣說

爸爸媽媽，在選擇看影片之前可以這麼問！

也可以換成 film、series 等等

Which (episode) do you **want to watch**?

你想看哪一集呢？

假如想看的影片是一齣劇或系列卡通，就會分成好幾集，「集」的英文是 episode，如果是沒有分集數的電影或卡通，問句就改成 Which film... 或 Which cartoon...。

是「比較喜歡」的意思

Why do you (prefer) this episode?

為什麼你比較喜歡這一集呢？

除了問孩子想看的集數，還可以針對孩子的回答來問問他喜歡的理由。孩子既然說出了自己比較想看的某一集，那麼就可以用 Why do you prefer... 句型來問問他的意見。句中的 this episode 也可以換成 this season、this film、this cartoon 等。

小朋友可以這樣回答你的喜好！

Don't **stay glued to** the screen for over an hour.

不要盯著螢幕看超過一個小時。

動詞 glue 原本是「緊附、黏住」的意思，變成被動 stay glued to 字面上是「黏到某某東西上面」，所以也就是「盯著」的意思，勸孩子不要看影片看超過一個小時的意思。

I prefer to watch the last episode.

我比較想看最後那一集。

prefer 後面可以接「動詞 ing」或「to 原形動詞」，皆表示「更想要⋯」。所以可以說 I prefer to watch...或是 I prefer watching...。

Phrase&Idiom 片語格言輕鬆說

last straw 忍無可忍

這句話直接翻譯字面意義的話是「最後一根稻草」，也許很難與其衍生意義聯想在一起，不過中文有句話叫「壓垮駱駝的最後一根稻草」，這樣就能推測出此俚語的涵義。所以「It's the last straw.」的意思是「真是忍無可忍。」

「last」除了表示「最後的」之外，當動詞時則是「持續」的意思。例如說「The test will last for an hour.」意思是「考試將持續一小時」。

Vocabulary 活學活用

★ episode [`ɛpə‚sod] 名 （戲劇或卡通的）一集

★ want [wɑnt] 動 想要

★ glue [glu] 動 緊附，黏

★ watch [wɑtʃ] 動 觀看

★ hour [aʊr] 名 小時

★ interesting [`ɪntərɪstɪŋ] 形

讓人感興趣的；有趣的

★ prefer [prɪ`fɝ] 動 比較想；寧願

★ pick [pɪk] 動 挑選

★ season [`sizn̩] 名 （戲劇或卡通的）一季

★ most [most] 副 最

★ screen [skrin] 名 螢幕

台灣廣廈 國際出版集團
Taiwan Mansion International Group

國家圖書館出版品預行編目（CIP）資料

全新!我的第一本親子英文 / 李宗玥、蔡佳妤, Michael Riley著.
-- 初版. -- 新北市：國際學村, 2023.05
　面；　公分
ISBN 978-986-454-265-9
1.CST: 英語　2.CST: 讀本　3.CST: 親子

805.18　　　　　　　　　　　　　　111022131

🌐 國際學村

全新！我的第一本親子英文【QR碼行動學習版】
中小學優良課外讀物掛保證，雙語家庭化的萬用指南

作　　　者／李宗玥・ 　　　　　蔡佳妤・ 　　　　　Michael Riley	編輯中心編輯長／伍峻宏・編輯／古竣元 封面設計／曾詩涵・內頁排版／菩薩蠻數位文化有限公司 製版・印刷・裝訂／東豪・弼聖・秉成

行企研發中心總監／陳冠蒨　　　　線上學習中心總監／陳冠蒨
媒體公關組／陳柔彣　　　　　　　數位營運組／顏佑婷
綜合業務組／何欣穎　　　　　　　企製開發組／江季珊

發　行　人／江媛珍
法律顧問／第一國際法律事務所 余淑杏律師・北辰著作權事務所 蕭雄淋律師
出　　　版／國際學村
發　　　行／台灣廣廈有聲圖書有限公司
　　　　　　地址：新北市235中和區中山路二段359巷7號2樓
　　　　　　電話：（886）2-2225-5777・傳真：（886）2-2225-8052
讀者服務信箱／cs@booknews.com.tw

代理印務・全球總經銷／知遠文化事業有限公司
　　　　　　地址：新北市222深坑區北深路三段155巷25號5樓
　　　　　　電話：（886）2-2664-8800・傳真：（886）2-2664-8801
郵政劃撥／劃撥帳號：18836722
　　　　　　劃撥戶名：知遠文化事業有限公司（※單次購書金額未達1000元，請另付70元郵資。）

■出版日期：2023年05月
ISBN：978-986-454-265-9　　版權所有，未經同意不得重製、轉載、翻印。